TV대통령 선언

백먹방

머리말

．
．
．

잔잔한 방송가에 갑자기 나타나 TV대통령 선언!

음식 예능을 탄생시킨 자는 누구인가?

시트콤을 제안해서 경쟁 시트콤을 이기게 한 자는 누구인가?

코미디 프로에 엄청난 콩트 아이디어를 낸 자는 누구인가?

나는 음식 예능, 시트콤, 코미디의 역사를 바꿔 놓았다.

나는 우리나라에서 대통령을 가장 많이 배출한 고교를 나왔다. 대통령이 꿈이던 시절도 있었다. 하지만 대통령이 되기는 힘들다는 생각이다. 하지만 TV 세상을 완전히 바꿔 놓은 나는 TV대통령이 아닐까?

이 책은 자서전으로, 내가 출연한 방송과 내가 관여한 방송을 위주로 썼으며 엑스트라 한 명의 제의로 방송 세상을 바꾼 실화이다.

나의 억울함과 대단함이 엮어져 있는 방송들이 있었다. 비록 방송 출연자로서는 엑스트라였지만 내가 관여한 프로그램은 대박 났다. 코미디 프로와 시트콤과 음식 예능에 내 의견을 제안했다. 하지만 방송국의 직원이 아니라 외부인이었다. 방송의 세상을 바꾸었지만 그것 때문에 돈을 받은 것은 없고 고맙다는 말도 듣지 못했다. 이게 어찌 된 일일까? 그 뒷이야기들을 알리려고 한다.

어느 개그맨이 방송에 나와 90년대에는 '먹방'이 없었다고 말한 바 있다. 하지만 21세기에 누가 만들었는지에 대해서는 말 못 하였다.

현재 펼쳐지는 음식 예능들은 내 기획안으로 시작되었다. 그러나 내가 바꾼 방송의 역사는 사람들이 모르고 있었다.

지금까지 나의 존재는 방송계의 비밀로 자리 잡고 있었다.

이제 그 비밀을 공개하면서 TV대통령을 선언한다.

목차

01
학창 시절
...

　이 세상 속에서 평범한 인생이란 무엇인가? 평범하지 않은 인생이란 또 무엇인가?

　나는 너무도 평범하지 않은 인생을 살았다고 생각한다. 살면서 말이 안 되는 상황을 많이 겪은 것 같다. 너무나 거짓말 같은 인생을 살았다고 생각한다.

　나는 서울 마포에서 태어났다. 강아지와 고양이를 키우는 평범한 집안이었다. 초등학교 입학할 때는 추첨을 해서 수업료가 비싼 사립 초등학교를 들어갔는데 다른 친구는 거의 다 부자였다. 내 생각에 우리 집은 부자가 아니었기에 어린 마음에 너무 원망스럽기도 했다. 그리고 입학생을 남자와 여자 비율을 5대5로 뽑았다. 하지만 여학생이 전학 가면 대부분 남학생이 전학을 와서 남학생이 점점 더 많아지게 되었다. 아버지는 은행원이었는데 그만두고 홍대 근처에서 옷 장사를 하다가 잘 안되어서 외국어 학원을 차렸다. 외국어 학원에서 속독법도 가르치며 운영이 잘 되기도 했지만 결국 문을 닫고 말았다. 그래서 초등학교를 다니던 4학년 때, 부산으로 이사를 가게 되었다. 나는 가기 싫었지만 어쩔 수 없이 가게 되었다. 서울에서 10년을 살고 내려온 것이었다.

　부산으로 내려오니 사투리가 귀에 들려왔다.

　"빨리 온나."

　정말 부산은 다른 세상에 온 것 같은 느낌을 받았다. 적응은 쉽지 않았다. 서울이 그립기만 했다. 하지만 적응해서 잘 살려고 노력했다. 부산의 좋은 점도 있었다. 부산에서는 서울에 없는 먹거리가 있었다. 재첩국 아주머니들이 재첩국을 팔며 골목길을 다녔고 어묵 아주머니들도 따끈따끈한 어묵을 가지고 다니며 열심히 팔고 있었다. 금방 만든 뜨거운 어묵을 먹어봤는데 쫄깃하고 무척 맛있었다.

　내가 방송에 처음 출연한 것은 초등학교 6학년 시절, 부산에 있는 방송국이 제작했던 〈퀴즈로 배웁시다〉였다. 당시 MC는 미남 아나운서로 90년대에 서울 본사로 올라와서 프리랜서가 된 분이었다. 친구 2명이 한 팀이 되어 출연해서 지면 탈락하고, 한 팀을 이기면 100점이고 세 팀을 다 이겨 300점이 되면 그 팀은 끝나고 새로운 팀끼리 상대하는 방식이었다. 우리 팀은 동그라미 팀이었고 상대 팀은 마름모 팀이었고 1번부터 9번까지 가로나 세로로 이어지게 맞추면 이기는 게임이었다. 나는 키 작고 똑똑한 친구와 같이 나갔는데 상대 팀들이 그리 강

하지 않아서 일방적인 게임을 했고 같은 팀의 친구와 누가 잘 맞추나 경쟁하는 것 같았다. 옆의 친구가 너무 잘해서 기가 죽어 있었는데 비타민 문제가 나왔다. 아무도 정답을 모르는 것 같았다. 결국 5초의 시간이 주어졌다.

"5, 4, 3."

이때, 나는 과감히 버튼을 눌렀다. 그러자 갑자기 적막한 기운이 스튜디오를 감싸 돌았다. 나는 답을 모르고 눌렀기 때문에 엄청난 긴장감이 몰려오고 있었다. 답을 모르는데 누른 이유는 비타민 중의 하나를 말하면 되기 때문에 사실상의 객관식과 같은 문제였고 틀려도 감점은 없었기 때문이었다.

"비타민 B."

그냥 아무거나 고른 것인데 정답이었다. 놀라움과 기쁨이 교차되는 찰나, NG가 났다. 뒤에서 동그라미와 마름모를 돌리는 사람이 동그라미로 돌리지 않고 마름모로 돌려서 NG가 났다. 그래서 돌리는 것만 다시 찍으면 될 것이라고 생각했지만 문제를 맞히는 것도 다시 찍는다고 했다. 다시 찍고 나서 나는 울화가 치밀었다. 옆에 있는 친구가 같이 정답을 말했기 때문이다. 나 혼자 맞춘 것을 같이 맞춘 것으로 녹화되니 환장할 노릇이었다. 나는 뒤에서 돌리는 스텝과 옆에 있는 친구를 원망하지 않을 수 없었다. 나 혼자 맞춘 것은 몇 개 없었는데 NG 나서 더 적게 느껴졌다. 결국 우리는 세 팀을 이겨서 300점을 받았고 영어 교재를 상품으로 받았지만 나는 좀 억울했다. 하지만 이 추억은 방송을 만만하게 본 계기가 되었다고 본다.

그리고 중학생이 되자마자 충격적인 사건을 겪는다. 입학하고 나서 첫 번째 국어 시간에 들어오신 국어 선생님이 훈민정음이 언제 창제되었는지 물어보았다. 알고 있었던 나는 손을 들었다. 반에 60명쯤 있었는데 다른 학생들은 전혀 모르는지 손을 안 들었고 나만 손을 들었고 당당하게 자랑하듯 말을 했다.

"1443년입니다."

나는 정확하게 외우고 있었기에 선생님이 맞혔다고 칭찬해 주리라 생각되었다. 그런데 선생님의 갸우뚱하는 모습이 펼쳐지며 이상한 느낌을 받았다. 그러더니 선생님이 말했다.

"1445로 알고 있는데!"

나의 표정이 일그러지고 말았다. 너무 황당했다. 이건 정확히 알고 있었는데 이상하다고 느꼈다. 선생님은 수업을 마치고 나가시고 쉬는 시간에 다시 들어오셔서 1443년이라고 칠판에 적으며 말해 주셨다. 하지만 나에게 사과는 하지 않았다. 나는 그것 때문에 국어 선생님에게 따지거나 그러진 않았다. 하지만 그 후, 그 국어 선생님은 나를 괴롭히기 시작했다. 내가 조용히 있었다면 그런 망신을 당하지 않았을 텐데 나 때문에 모욕을 당한 것이라고 생각한 모양이다. 내가 한문을 쓰면 그걸 뒤에서 보다가 과장해서 쟤는 이렇게 썼다고 칠판에 써서 망신을 주었다. 맞기도 많이 맞았다. 끝 번호가 같은 사람을 숙제 검사해서 한 명만 잘못하면 다 맞았는데 나는 잘못한 것도 없이 맞게 되었다. 속으로 중얼거렸다.

"아니, 똑똑한 게 죄냐고?"

수학 선생도 아니고 국어 선생이 언제 한글이 창제되었는지 모른다는 게 믿어지지 않는 분이 있다면 동창을 불러 확인해 줄 수도 있다. 초등학교를 갓 졸업한 내가 대학 나온 저 선생님보다 똑똑한데 뭘 배우겠느냐는 생각이 들게 만드는 충격적인 일을 겪었다. 나는 선생보다 똑똑할 수도 있다고 처음으로 느끼게 되었다. 그렇게 말도 안 되는 일이 나에게는 자주 일어났던 것 같다. 물론 좋은 선생님도 있었지만, 그렇지 않은 선생님 때문에 마음고생이 심했다.

그러던 어느 날, 괴롭던 학창 시절에 한 줄기 빛이 다가왔다. 아름다운 하이틴 스타가 영화관에 사인을 해 주러 온다는 소식을 들었다. 그 어여쁜 스타를 부산에서도 직접 볼 수 있다니 반가웠다. 부푼 가슴을 안고 영화관으로 향했다. 영화관에 가니 2명의 소녀 스타가 눈부시게 아름다운 미모를 발산해 가는 현장을 목격하고 감탄했다. 사인을 받기 위해 설레는 마음으로 줄을 서 있었다. 보니까 사인만 해 주는 것이 아니라 악수도 해 주는 것이었다. 정신이 바짝 들었다. 너무 부러운 듯 쳐다보았다. 나에게도 그 순간이 올 것인가? 드디어 내 차례가 왔다. 그리고 그녀의 손길을 느꼈다. 그리고 놀란 가슴을 진정시키느라 힘들었다.

고교 시절, 부산 최고의 명문 고교에 진학을 했지만 공부를 잘하진 못했다. 계속 서울에 있었더라면 내가 많이 달라져 갔을 텐데 안타까운 맘이 들었다. 그 당시 공부를 못하니 선생님의 괴롭힘은 심했고 부산에서는 이 세상과 다른 세상이 되는 게 느껴졌다. 그때, 낙이라면 스포츠 신문을 읽는 것이었다. 인터넷이 없던 시대여서 스포츠신문이 친구라면 친구였다.

그러던 어느 날, 고교 선배이신 대통령 후보였던 선배님이 학교에 방문하셨다. 학생들은 난리가 났다. 나도 그 선배님과 악수하려고 오른손을 내밀었는데 오른손은 누가 하고 있어서 못 하자 왼손을 내게 내미는 것이었다. 그 선배님의 왼손으로 악수를 하게 되었다. 그리고 자랑을 하였다.

"나는 선배님의 왼팔이야!"

그 선배님은 결국, 몇 년 후에 대통령이 되셨다.

고교 시절에는 글 쓰는 소질이 있다는 것을 모르고 수학에 자신 있었기 때문에 이과를 나왔다. 그리고 당시 〈대학가요제〉의 영향이 거세게 불던 시절이라 대학에 가서 가요제에 나가면 좋겠다는 마음으로 작사를 해 보았다. 그러다 나니 글솜씨가 조금 향상되는 것 같았다. 그리고 코미디 프로그램을 좋아했고 대사를 적어서 따라 하기도 했다. 코미디를 좋아하긴 했지만 고교 시절에는 개그맨이 된다는 것은 생각해 보지 않았다.

내가 다닌 고교에는 야구부가 있었고 쉬는 시간에 야구 훈련하는 것을 구경도 하며 지냈다. 우리 학교 야구부는 전국 최강급이었다. 1학년 봄에 서울에서 열리는 전국대회 결승에 올라갔다. 응원하러 1, 2학년이 서울에 올라가서 응원하는 게 정상이지만 이상하게 그때는 3학년만 응원하러 버스 타고 올라갔다. 보통 3학년은 입시 준비 때문에 서울에 응원하러 가지 않는 것이 상식적이지만 이상하게 3학년 선배님들만 응원하러 올라갔다. 정말 이해가 되지 않았다. 그래도 우승하면 좋겠다는 생각은 했지만 결승전에서 졌다. 아직도 입시를 앞둔 3학년을 올려보낸 교장 선생님의 의도는 모르겠으며, 아마도 10년 동안 우승을 못 했기 때문에 응원 경험이 많은 선배를 올려보내는 초강수를 둔 게 아닐까? 응원하러 갔지만 지고 돌아와 사기는 떨어졌고 3학년 선배의 입시 성적도 최악으로 나와서 잘못된 선택이 아니었을까? 그리고 그해 가을에 또다시 결승전에 올라갔다. 이번에는 과연 1학년이 응원하러 서울에 갈 수 있었을까? 기대하고 있었지만 2학년이 버스 타고 올라간다는 것이었다. 마침 그날이 공휴일이어서 1학년은 희망자에 한해서 자비로 올라갈 수 있게 했다. 그래서 1학년끼리 기차로 올라갔다. 내가 태어났던 곳에 간다는 생각에 들떠있었다. 동대문야구장에서 유명한 해설 위원도 보았고 열심히 응원했으나 지고 말았다. 2학년은 무료로 올라왔지만 우리는 기차비 내고 올라왔는데 지니까 너무 속상했다. 그 뒤로 졸업할 때까지 서울에서 열리는 전국대회는 결승전에 가지 못했고 부산에서 열리는 화랑대기에는 우승하였고 나는 운동장에 내려가 친구들을 헹가래를 치고 우승 깃발을 만져보며 신기해하기도 했다.

02
군대 시절
· · ·

    대학은 삼수 끝에 떨어지고 군대에 가게 되었다. 하필 입대날이 휴거가 일어난다고 한 때와 몇 시간 후라서 어수선한 분위기에 입대하게 되었다. 나는 휴거를 믿지 않았지만 동기 중에는 '휴거되라! 휴거되라!' 하면서 군대 대신 하늘로 올라가게 되는 것을 바라다가 입대한 동기도 있었다. 추위가 다가오는 시기이면서 휴거가 될지도 모르는 불안감이 조성되는 등 최악이라고 할 수 있는 시기에 입대를 하는 것이었다. 세상이 어떻게 변할지 모르는 시기에 불안한 마음이 전해지던 시간을 뚫고 입대를 준비하는 고통이 마음속에 자리 잡고 있었다.

    입대를 한 시기가 가을에서 겨울로 넘어가던 시기라 훈련소의 추위는 몸도 마음도 나를 힘들게 했다. 정말 내가 왜 이렇게 살아야 하나 고통스러웠다. 그리고 자대 배치를 받자 떨리는 마음을 주체할 수 없었다. 너무 힘든 부대에 가게 되었던 것이다. 전방은 아니지만 군대 생활을 어떻게 해야 할지 걱정이 앞섰다. 그 부대에 갔을 때 그곳이 아침 구보할 때 오르막길이 두 번 있어 너무 괴로웠다. 아침에 구보를 할 때, 모든 군대가 오르막길이 있는 건 아니다. 나중에 예비군 훈련을 나가서 현역 군인들이 오르막길이 없는 평지에서만 구보를 하는 것을 보고서 너무 부러웠었다. 그리고 산을 타야 하는 행군과 훈련이 너무 힘들었다.

　이등병 때, 연극을 하게 되었다. 우리 소대는 군인이 휴가와서 일어난 일을 연극으로 만들었는데 나는 코믹한 불량배 역할을 맡았다. 그야말로 나의 원맨쇼가 시작되었다. 연기가 재미있었고 반응도 좋았다. 내가 이렇게 웃기다니 신기할 뿐이었다. 우리 소대가 1등을 차지하여 휴가권을 따냈다. 하지만 나는 신병 휴가를 안 간 상태여서 포상 휴가는 안 보내 주었다. 정말 당시에는 날벼락이 내리치는 기분이었다. 가장 반응이 좋았던 나에게 상을 주지는 않고 휴가를 못 가게 하다니, 너무 말이 안 되는 상황이라 너무 괴로웠다. 더구나 연극으로 포상 휴가 갔다 온 분 중에는 나에게 고맙다고 말하거나 위로를 해 준 분은 아무도 없었다. 세상의 냉정함이 내 삶 속에 들어와 버렸다고나 할까?
　그리고 얼마 지나지 않아 어떤 군대 선임이 나에게 이렇게 말했다.
　"연기자 돼라."
　그때 상황은 어떤 분에게 안 좋은 소리를 들은 나의 표정을 보고 한 말이었다. 그 표정에서 다 드러난다고 했다. 그분은 휴가 때문에 내가 했던 연극을 못 본 분이었다. 나는 그 말을 듣고 연기자가 될 것인가 고민해 보았고 타고난 나의 표정에서 뭔가가 있다는 것을 알게 되었고 연극 할 때 반응도 좋아서 연기자가 될까 생각해 보았다.

그리고 시간이 지나 병장이 되었다. 그 당시에는 많은 군인들이 군인 대상 프로그램인 〈우정의 무대〉가 우리 부대에 오기를 기대하는 마음이 있었다. 군대에서 스타급 연예인을 볼 수 있기 때문이다. 군대에 입대하고 〈우정의 무대〉가 온다는 소문은 있었으나 오지 않아서 내가 군에 있을 때는 안 온다고 생각하고 있었는데, 병장이 되고 나서 온다는 소식이 들렸다. 병장이라서 고참 눈치 볼 것 없이 예심에 나가게 되었다. 예심에 나가서 코믹 춤을 추었는데 반응이 폭발적이었다. 그야말로 독보적으로 웃겼다. 그 덕분에 군인 3명과 탤런트 3명이 짝지어 나가는 퀴즈 프로에 나가게 되었던 것이다. 처음 그 소식을 들었을 때, 꿈인지 아닌지 알 수 없었고 너무 기뻐 미칠 것만 같았다. 군대에서 예쁜 탤런트와 짝이 되어 함께 나가게 된 것이었다. 정말 꿈같은 일이 펼쳐지게 되면서 많은 동료들이 너무나 부러워하는 시선을 느낄 수 있었다.

드디어 그날이 밝아왔다. 부대에 연예인이 탄 버스가 들어왔다. 인사를 나누기 위해 여성 탤런트가 있는 버스에 갔다. 버스 안에는 눈부시게 아름다운 미모를 간직한 여성 탤런트들이 앉아있었다. 마치 지옥에 갇혀 있다가 천국의 세상에 들어온 것 같은 착각을 일으켰다. 당시, 여군이 없었던 군대에서 남자만 보다가 어여쁜 여인의 향기를 느끼게 되다니 머리가 어지러울 지경이었다.

TV에서만 보던 예쁜 여성이 천사 같은 모습으로 찾아온 군대 안에 있는 버스 안의 천국에서는 상큼한 목소리가 내 귀를 간지럽히고 있었다.

"어떻게 출연하게 되었나요?"

"장기 자랑 예심을 해서 출연하게 되었습니다."

"세 명 중에서 제일 잘 생겼네요."

그러자 나도 모르게 흐뭇한 웃음이 흘러나왔다. 정말 여자 연예인이 예쁘기도 하고 신기하기도 했다. 학창 시절에는 여자 연예인과 사귀는 상상을 하기도 했었는데, 이게 또 인연이 되어서 사귈 수도 있겠다는 나 혼자만의 상상의 나래가 펼쳐졌다.

버스 안에서 꿈같은 시간은 흘러갔고 드디어 퀴즈 대결과 게임이 시작되었다. 문제를 맞히고 그녀와 손바닥으로 하이 파이브를 했는데 짜릿함이 온몸으로 전해졌다. 어여쁜 탤런트의 섬섬옥수가 내 손바닥에 전율의 파장을 일으켰다. 박을 깨는 게임에서 점프해서 엉덩이로 깨는 장면에서 환호성을 받았다. 그녀와 사진도 찍고 그렇게 꿈같은 날이 흘러갔다. 군인이라 출연료 대신 손목시계를 받고 10분 정도 출연했는데도 휴가를 안 보내 줘서 허탈했다. 당시 〈우정의 무대〉는 어머니와 함께 출연한 출연자는 무조건 휴가를 가지만 다른 출연자는 소속 부대에서 보내 주지 않으면 못 갔다. 연극에서 1등을 하고 방송에도 출연을 했는데 군대에서 포상 휴가를 한 번도 못 가니 억울하기도 했다. 하지만 좋은 추억을 남기게 되어 기분은 좋았다. 그리고 나에게 웃기는 능력이 있다는 것을 알게 되었다.

전역을 했는데 하필이면 일주일 늦게 입대한 군인과 같이 전역을 하게 되어 무척 억울했다. 당시 군 생활이 줄어드는 시기여서 특명이 그렇게 나왔다고 말을 들었지만 이해가 가지 않았다. 정말 나에게 말이 안 되는 일만 펼쳐지고 있다는 것을 또다시 느끼게 되었다. 포상 휴가도 말도 안 되게 못 가고, 또 이런 일이 일어날 수가 있을까? 그리고 군대에서 너무 고생해서 전역하고 나니 삶의 의욕도 떨어졌다. 하지만 힘을 내려고 애를 쓰려고 했다.

03
연기를 배우다
...

1995년 1월, 군 전역 후의 세상은 너무나 변해 있었다. 급속도로 변해 있다고 느꼈던 것은 먼저 '부산직할시'에서 '부산광역시'로 바뀌어 있었고, 쓰레기 종량제 봉투라는 게 나와 있었고 삐삐를 가지고 다니는 세상이 되었다. 세상은 바뀌어 있었고 나는 뭘 먼저 해야 할지 고민했다. 먼저 군대에서 먹고 싶었던 음식을 먹고 싶었다. 군대에서 면회 오면 먹었던 치킨은 그야말로 신비스런 음식이었다. 치킨의 맛있는 느낌은 전역 후에도 사라지지 않았다. 전역하고도 후라이드 치킨이 먹고 싶었다. 너무 치킨은 먹고 싶고 돈은 별로 없고 해서 생닭을 사 와 식용유에 튀겨 먹었다. 그리고 나중에 치킨집을 하겠다는 생각도 했다.

또다시 입시 공부를 하자니 입시 제도가 바뀌어 있어 힘들었다. 대입을 준비하려다가 대입은 포기하고 개그맨이나 연기자가 되기 위해 연기를 배워야겠다고 생각했다. 군대에서 어떤 분이 내 표정을 보고 연기자가 되라고 했고, 〈우정의 무대〉로 웃기는 능력이 있다는 것을 알게 되어 그렇게 하기로 결심했다.

나는 연기를 부산에 있는 연기 학원에서 배우게 되었다. 열심히 대사를 외우며 꿈을 꾸곤 했다. 여러 명의 청춘들이 부푼 꿈을 안고 연기를 같이 배웠다. 독백이 있는 책의 대사를 열심히 외워서 학원에 가서 연기하며 평가받으며 꿈을 키워가고 있었다. 이번에는 조를 나눠서 대본을 써서 연극을 짜 오라는 연기 학원 선생님의 지시가 떨어지자마자 나는 봉숭아 학당을 패러디해서 직접 써서 내가 맹구 역할을 하고 연극을 보여 주었다. 연기 학원에서 콩트를 한다는 게 어쩌면 말이 안 되는 것이었지만, 선생님도 기분 나빠하지 않은 모습이라 다행이었다. 콩트 하는 반응은 엄청났다. 정말 내가 웃길 수 있다는 것을 다시 확인시켜 주었다. 당시 이미 연기자가 된 여자 학원생도 내가 쓴 대본을 읽으며 잠시 연습하기도 했다. 귀여운 모습으로 말하는 모습이 인상적이었다.

지방의 연기 학원에서 연습해도 연기자가 되기는 힘든 것 같다고 생각해서 그다음 해에 서울로 올라가 대학의 사회교육원 연기과에서 연기를 2년간 배웠다. 수료한 몇 년 후에 이 대학의 사회교육원 연기과는 없어지고 말았고, 이 학교에 4년제 연기예술학과가 만들어지게 된다.

교수님들이 연극을 오래 했던 분들이 많아서 연기를 배우니 뭔가 연기자가 되고 싶다는 욕구가 마구마구 피어오르고 있었다. 연기를 잘하는 분들은 뭔가의 내공을 가지고 있다는 것이 보였다. 노래와 판소리와 무용도 배웠다. 1년에 두 번씩 연극 공연을 하기도 했는데 공연할 때 재미있게 바꿔서 야단을 맞기도 했다.

연극도 많이 보러 다녔다. 연극을 보면서 내가 저 역할을 맡는다면 이렇게 할 것이라는 생각을 많이 했다. 연극 〈햄릿〉을 보러 갔을 때다. 햄릿이 그 유명한 '사느냐, 죽느냐'의 대사를 했는데 햄릿이 쭈그리고 앉아서 대사를 하는 것이 아닌가! 정말 그 주인공에게 다가가 한마디 하고 싶었다. 그 하이라이트 대사를 그렇게 힘없이 하니 실망스러웠다. 물론 연출가가 연극의 해석을 그렇게 해서 한 것이지만 돈이 아깝다는 생각이 들었다. 내가 햄릿 역할을 맡는다면 그 대사를 정말 열정적으로 할 수 있으리라는 생각을 했다. 코믹한 역할을 하는 사람들도 눈여겨보았다. 나보다 못하는 것 같기도 했다. 내가 했더라면 더 잘했을 텐데 저 연기자는 '왜 그렇게 평범하게 할까?'라는 생각이 들었다. 연극을 했을 때 많은 사람들로부터 웃긴다는 소리를 많이 들었다.

나는 코믹한 연기가 하고 싶었지만 우선 어떤 연기자든 되고 싶었다. 그래서 다양한 오디션에 응모를 한 것이다. 어떤 오디션이든 가리지 않고 나간 것 같다. 나는 여러 오디션을 본 후 우선 연기자가 된 후에 시트콤에 출연하거나 코믹한 영화배우로 하면 될 거라고 생각했다. 오디션을 본 건 개그맨, 영화배우, 탤런트, 성우, 인터넷 드라마 등이다.

개그맨 공채 시험에 응시했다. 첫 번째 도전에서 나의 개그에 심사위원의 조용한 반응만이 내게 향하고 있었다. 개그를 하는 중에 수고했다는 말을 던지며 내 순서는 끝났는데, 그 소리는 잘했다는 말이 아니란 걸 결과를 통해 알 수 있었다. 개그맨 공채 시험에 떨어지고 다시 도전하고 했지만 계속 떨어졌다.

　탤런트 시험은 한번 응시했는데 서류 전형에서 떨어지고 나서는 다시는 보지 않았다. 성우 시험도 한 번 보고 떨어졌고 인터넷 드라마 오디션도 한 번 보고 떨어졌다.

　그리고 외국의 영화배우 흉내 내는 이벤트 대회도 참가했다. 혹시 1등을 하면 연기자 되는 데 도움이 될까 해서였다. 외국의 유명한 코미디 영화배우의 영화가 개봉되고 그 배우를 흉내 내는 대회가 열렸다. 배우를 흉내 내는 대회에 나갔고 반응은 좋았지만 1등은 하지 못했다. MC가 심사 위원이었기 때문에 자기 맘대로 심사를 하는 것 같았다. 오디션은 잘하는 게 중요한 게 아니라 심사 위원을 잘 만나야겠다는 생각도 들었다.

　영화 오디션은 많이 응시했다. 첫 번째 영화 오디션은 영화 잡지에서 본 광고를 통해 응모하게 되었다. 영화배우 오디션의 긴장감은 나를 들뜨게 했다. 하지만 마음을 잡으려고 노력했다. 내 인생이 걸린 것이라 생각하고 최선을 다해서 대사를 했다. 그리고 대사가 끝나고 웃기기 위해 나는 여자 목소리를 내며 대사를 했다.

　"내 애인은 내 다리만 굵으려고 해. 나는 딴 데가 자신 있는데!"

　심사 위원의 웃는 소리가 들렸다. 개그맨 시험장에서는 못 들었던 그 웃음소리가 나를 흥분시켰다. 과연 합격인가? 아니면 탈락하는 것인가? 조마조마한 심정으로 결과를 기다렸다. 영화사에서 합격했다고 연락이 와서 너무 기분이 좋아서 영화사에 가 보았다.

　그렇게 기분 좋게 영화사를 가니까 영화사 대표는 충격적인 말을 던지는 것이었다. 교육비 200만 원을 내고 교육을 받아야 영화에 출연할 수 있다고 했다. 출연을 하면 출연료를 받아야 정상이지, 왜 돈을 내고 출연하라고 하는지 이해가 되지 않았다. 또 다른 고민이 시작되었다. 돈을 낼 것인가? 포기하고 다른 오디션을 볼 것인가? 하지만 20대 후반의 나이에 부담을 느껴 돈을 내기로 하였다. 이상하게 재교육은 안 하고 한 번 모임을 가졌고 그 이후에는 연락이 되지 않았다. 나중에 알고 보니 그 대표가 일본으로 도망간 것이었다.

　다른 영화 오디션을 보러 갔다. 여기는 오디션비를 이상하게 많이 받았다. 그리고 여기는 조금 이상했다. 내가 눈을 감고 있을 때 눈썹 위에 분장사가 무언가를 칠했는데 눈이 떠지질 않았다. 눈썹이 붙어 버린 것이다. 내가 막 소리치니까 눈썹 사이를 가위로 잘라 떨어지게 했다. 알고 보니 전문 분장사가 아니라 분장을 배우는 학원생이었다. 분장 비용을 적게 들이려고 그런 것 같았다. 그런 황당함을 겪어 보니 연기도 잘 안되었다. 결국 오디션에 떨어졌다. 이 영화는 만들어지지 않아 오디션비를 받고 돈을 벌려는 것이라 생각되었다.

　이번에는 사극 영화 오디션에 합격했는데, 학원에서 교육을 한다고 학원비를 내고 학원에 다녀야만 영화에 출연할 수 있다고 했다. 그리고 뉴스에도 나오고 난리가 났다. 사기 같았고 학원비를 환불받고 나간 지망생도 있었지만, 지푸라기라도 잡으려는 나로서는 선택의 여지는 없었다. 그래도 연기의 끈을 놓지 않으려면 학원에 다녀야 했다. 이 영화도 물론 만들어지지 않았다. 그런데 가관인 것은 자꾸 사기라고 하니까 제작 발표회를 했는데 주인공도 없이 제작 발표회를 한 것이었다. 이게 뭔가 싶었다.

그러니까 힘든 IMF 시절에 오디션비를 많이 받든지 교육비를 많이 받든지 해서 그 돈으로 이익을 얻으려는 사기꾼들이 판을 친 것이다.

이번엔 액션 영화 오디션을 보아서 합격했다. 이번엔 체육관에서 액션을 연습한다고 했다.

'액션 연습을 왜 해야 하나? 나는 액션 연기자가 되려는 지망생이 아닌데.'

하지만 연기자가 되겠다는 나의 소망이 나를 체육관으로 향하게 했다. 일주일에 한 번씩 수요일에 액션 연습을 했다. 영화사 대표는 나를 연기력으로 뽑았다고 연기 연습을 열심히 하라고 했으며, 잘하지 못하지만 꿈을 위해서 합에 맞춰서 피하고 주먹 지르기와 발차기를 해야 했다. 다른 지망생들은 거의 운동선수 수준이라서 부러웠다. 그러나 이 영화도 제작이 되지 않았다. 제작도 안 될 영화를 위해 헛고생하니 정말 괴로웠다.

여기에 나에게 엄청난 돈을 요구하며 주인공을 시켜 주겠다는 가짜 감독도 만났다. 그리고 돈이 없어서 돈을 못 주겠다고 하자, 그 감독은 조금씩 조금씩 달라고 하면서 나를 유인하곤 했다. 진짜 돈 없는 사람도 등쳐먹을 수 있는 사람이 있다니, 놀라울 뿐이었다. 영화 촬영은 안 하고 시간만 질질 끌고 해서 내가 감독에게 막 따지고 그러니까 "니가 그럴 줄 몰랐다."라고 말을 하는 것으로 봐서 내가 조용해 보여서 나를 대상자로 삼았나 보다. 아무래도 말 많아 보이고 짜증 잘 내게 생긴 지망생에게는 사기를 치기 힘들 것이라 그랬나 보다. 시나리오도 받았는데 누가 봐도 제대로 된 시나리오는 아니었다. 가짜 감독은 영화 촬영할 때, 즉석에서 대사를 만들어서 촬영할 것이라고 하자 어이가 없었다. 결국 그 가짜 감독은 경찰서에 끌려가게 되었고 그를 경찰서에서 만나게 되었다. 경찰서에서 기자와 인터뷰하는 도중에 경찰들이 가짜 감독을 데려온 것이었다. 카메라가 있어 욕을 할 수 없었지만 엄청나게 쏘아보았다. 정말 상대방의 꿈을 처절하게 가지고 노는 그런 사람이 있다는 것이 나를 분노하게 만들었다. 정말 사기를 치려고 마음먹는다면 돈 많은 사람을 고르는 게 아니라 만만해 보이는 사람을 골라 조금씩 조금씩 가져가며 행동한다는 것은 엄청난 충격이었다.

결국 가짜 감독의 친척에게 돈을 받으며 합의를 했다. 연기자의 길은 너무 힘들다는 생각으로 가득 차게 되었다. 이 험한 세상에서 나를 누르려는 존재와 싸워야 하는가? 이 세상에서 나와 같은 편인 것 같은 사람이 어느새 적이 되어 가는 모습에서 환멸을 느끼게 한다. 처음부터 상대방이 나와 같은 편에 서서 즐겁게 세상을 펼쳐 나가는 것은 정말 어렵다는 것을 또다시 느꼈다. 보이지 않는 세상의 무언가가 나를 가로막고 있다는 것을 느꼈다. 다시 열심히 해 보려고 마음을 잡으려고 했지만 한숨만이 나오고 잘 되지를 않았다.

04
개그를 배우다
...

연기자가 되는 길은 너무 힘든 것 같다는 걸 느꼈다. 영화배우 오디션을 합격해도 촬영은 되지 않았고, 개그맨 공채는 나의 예상과는 다르게 흘러갔고, 나의 재능을 알아봐 주지 못하는 심사 위원의 표정이 나의 마음을 어질러 놓았다. 나의 재능을 펼칠 수 없다는 것이 너무도 힘들었다. 너무도 힘든 시기에 신기한 소식을 듣게 되었다.

코미디를 가르쳐 주는 데는 학원밖에 없었던 90년대에, 코미디를 가르쳐 주는 학교가 탄생하게 된다. 그 당시 학교에서 연기를 가르치는 학과는 있었지만 코미디를 가르쳐 주는 학과는 없었다. 대학교에 여러 가지 과가 다양하게 생기면서 과연 어떤 대학교에서 코미디를 가르쳐 주는 최초의 대학교가 될 것인지 궁금했다. 물론 나와는 아무런 상관이 없을 것이라고 생각했다. 하지만 나는 국내 최초의 개그학과의 최초의 등록 학생이 되었다.

99년에 안양대 사회교육원에서 국내 최초로 개그학과가 1년 과정으로 생긴다는 소식을 신문으로 접했으며, 사회교육원이지만 대학교에서는 최초로 신설되는 것이었고 당시 나의 상황은 영화 촬영은 지연되고 취소가 될 수도 있는 상황이었고 못다 한 개그맨 입성의 꿈을 이루기 위해 다닐까 생각해 보면서 많은 고민을 안겨 주었지만, 영화 촬영이 이뤄지기 전까지는 개그학과에 다니기로 마음먹었다.

　개그학과 면접을 보러 갔는데 지원자가 많을 것이라는 예상을 깨고 얼마 되지 않아 놀라고 말았다. 면접관이 3명이었고 그중 현역 PD가 2명이었는데 너무나도 유명한 PD가 내 눈 안에 들어왔다. 그가 누구인가? 많은 코미디 프로그램을 연출하며 많은 유명 개그맨을 키워 낸 PD로 '코미디계의 대부'라고 불리는 PD였다. 어마어마한 살아 있는 전설이 나를 바라보니 엄청난 떨림이 몸속으로 전해졌다. 그분은 바로 개그학과 주임 교수인 PD 교수님이었다. 그리고 또 한 분의 PD도 유명한 코미디 프로그램을 연출한 PD였다.

　나는 1번이라 더욱더 긴장을 할 수밖에 없었다. 당시 했던 것은 간단한 이야기를 했고 코믹 댄스를 추었다. 개그학과 면접은 개그 콘테스트보다 시간을 더 주면서 더 할 것 없냐고 물어보기도 했다. 열심히 하다가 웃는 소리가 들려 쳐다보니 이게 웬일인가? PD 교수님이 웃는 게 아닌가? 그 유명한 PD 교수님을 웃기다니 꿈만 같았다.

　면접을 마치고 나와서 나는 정신이 멍했다. 꿈인가? 생시인가? 구분이 가지 않았다. 그리고 코미디의 전설을 웃긴 순간이 나의 기억 속에 환상적으로 맴돌고 있다는 것이 믿기지 않았다.

당시, 개그맨 출신도 있었지만 그를 제치고 당당하게 1등으로 개그학과에 들어가게 되어 자신감이 하늘을 찔렀다. 참가 번호 1번은 1등 못 한다는 고정관념은 내가 완전히 깨 버리고 1등을 하자, 개그맨 신인 공채에 합격한 것도 아닌데 하늘 위로 나는 기분이 들었다고나 할까! 국내 최초의 개그학과 1기, 1번, 1등으로 입학하게 되었다. 당시, 인원이 얼마 없어 불합격한 인원은 없었고 11명이 입학했다. PD 교수님의 첫 번째 제자가 되어 영광스러웠고 1등으로 들어가서 개그맨이되어 코미디 부활을 이루겠다는 강력한 의지가 있었다.

개그학과 교수님은 유명한 예능 프로그램을 연출했던 PD 경력이 있는 분들과 국내에서 최고라는 방송 작가님들과 베스트셀러 작가인 유머 강사님이 수업하는데 정말 영광이었다. 좋은 교수님이 많아서 학력이 없는 1년제이지만 '방송 교육의 서울대'라는 느낌도 받게 되었다. 개그학과 수업은 주로 주제를 정해 숙제를 내 줘 대본을 써 와서 그것을 발표하는 수업이 많았다. 연기 공부보다는 작가 공부하는데 이상적인 수업이라고 생각되었다.

국내 최초로 코미디를 가르쳐 주는 학과가 만들어진 99년의 상황은 코미디의 위기 상황이었던 것이었다. 유명한 프로그램을 연출하신 PD와 인기 작가의 개그학과 교수님 변신은 무엇을 의미하는가? 아마도 교수님이 막강해진 이유는 코미디의 부활을 원하는 교수님의 간절한 희망이 이뤄낸 결과였다. 바쁘신 분들이라 돈을 벌기 위해 강의하러 온 것은 아닌 것 같았다. 엄청난 교수님으로 이뤄진 개그학과의 등장이 콩트 코미디의 침체 속에서 교육을 통한 코미디 부활을 이루어낼 수 있을지 나도 궁금했다.

　하지만 엄청난 교수님에 비해 학생들은 기대 이하여서 충격을 받았다. 공연을 위해 열심히 아이디어를 만들어 대본을 써 와서 공연을 만들어 갔는데, 연습할 때 아이디어를 안 가지고 오는 학생들이 많아 충격이었다. 어떤 학생은 콩트 아이디어는 하나도 안 가져오고, 남이 열심히 써 온 대본은 재미가 없다고 하지 말자고 하고, 공연에선 대본에 없는 남을 비꼬는 애드립을 날려 삼단 콤보로 충격을 주는 문제아 학생도 있었다. 열심히 아이디어를 가지고 와서 웃고 즐기며 공연을 만들어 가는 나의 상상은 서글픈 현실이 되어 마음을 아프게 하였다. 그리고 7명으로 줄어든 2학기에는 수업에 안 나오는 학생 때문에 어떤 교수님은 학생이 얼마 되지 않는다고 수업을 하지 않는 경우도 있었다. 열심히 개그맨이 되려고 최선을 다하는 학생은 보이지 않았고 그 당시 마음고생이 무척 심했다. 당시에는 개그학과 학생들은 배움이 끝나면 다시는 보지 않을 것이라 다짐하기도 했다. 이때, 내가 학생들을 좋은 방향으로 잘 설득하지 못한 것도 후회된다.

　안 좋은 상황 속에서 개그학과를 다니긴 했지만 우리나라 최고의 PD와 작가를 웃기며 신기한 느낌을 갖게 되곤 했다. 그리고 현역 개그맨들도 특강을 나와서 가르쳐 주니 교수진은 정말 최강이었다. 어느 날 PD 교수님과 개그학과 학생들과 인터넷 회원들과 소풍을 간 날, 나는 또 한 번의 놀라움을 맞이하게 된다. 산속에서 PD 교수님에게 '달래 개그'를 보여주었다.

제목 : 달래 개그

어떤 여자가 달래를 캐고 있었어요. (귀여운 표정을 지으며) 여기서도 캐고 (섹시한 표정을 지으며) 저기서도 캐고, 바구니에 담아서 휘파람을 불고 내려가는데 강도가 나타났지 뭐예요.

"바구니에 있는 것 내놔"

여자는 놀랐어요.

"이건 안 돼요. 내일 아침 국 끓여 먹어야 해요."

"그거 빨리 내놔."

"안 돼요. 그 대신에 금반지하고 금목걸이 드릴게요."

"안 돼. 그거 내놔. 배가 고프단 말이야."

결국 여자는 달래를 주면서 말했죠.

"달랠 걸 달래야지 달래를 달래냐? 달래 먹고 **잘** 살아라!"

PD 교수님의 웃음소리가 들려왔다. 이번에도 나의 개그로 코미디의 전설을 웃긴 것이었다. 나는 PD 교수님의 웃음소리에 마치 개그맨이 된 것처럼 기뻐하기도 했다. 코미디 최고 전문가를 두 번이나 웃긴 나는 정말 개그맨이 안 될 거라는 생각은 할 수 없는 흐름이 펼쳐지게 되었다. 그리고 음식으로 웃길 수 있다는 것을 알게 되었다.

그런데 안양대 사회교육원 개그학과는 1기가 처음이자 마지막이 되었다. 다음 해인 2000년에는 지원자가 적어서 신입생을 뽑지 않았고 같은 해에 4년제 대학교에 코미디학과가 생겼지만 그 후, 코미디학과가 연극영화과로 통폐합되기도 했으며, 대학은 아니지만 학점은행제가 있는 교육 기관에서 개그 과정이 생기기도 했다.

05
개그콘서트
· · ·

개그학과에 입학했던 99년 초에는 콩트 코미디의 시청률이 안 나와서 사라져가는 시기였고 버라이어티 예능이 활성화되는 시기였다. 심야 시간대에 방송하는 코미디 프로그램이 있었지만 언제 콩트가 멸종할지 모르는 시기가 찾아온 것이었다. 방송국의 콩트 코미디의 위험한 시기를 어떻게 헤쳐 나갈지 지상파 방송국의 고민은 지속되고 있었다. 이런 상황 속에서 반짝이는 아이디어로 신선한 스타가 탄생되어 부활을 알려 주면 좋겠다는 생각을 했고 그 주인공이 내가 된다면 정말 좋겠다는 생각을 하였다.

당시, 교수님이 PD와 작가로 구성된 개그학과에서 새로운 프로그램을 앞둔 PD는 그 프로그램에 사용할 아이디어를 가지고 오라고 숙제를 내는 일이 있었고, 방송 작가인 교수님은 자신이 쓴 대본을 보여 주면서 아이디어를 물어보기도 했다.

어느 날, 방송국 책임 프로듀서인 교수님이 새로운 콩트 코미디가 시작이 된다고 아이디어를 가지고 오라고 하였다. 나는 아이디어를 내면 출연을 할 수 있을 것 같은 상상이 머릿속에 그려지며 열심히 아이디어를 쥐어짜듯 내어 대본을 열심히 써 와서 드렸다. 방송이 되었는데 그 교수님은 심사 위원으로 출연하였고 경연 형식의 콩트였으며 내 아이디어는 방송되지 않았다. 하지만 내가 첫 번째로 방송 아이디어를 생각하게 되는 출발점이었다. 그 이후에도 개그맨이 되면 사용할 방송 아이디어를 생각하며 학교를 다녔다.

어떤 교수님은 외주 대표였는데 토크쇼를 준비하고 있어서 아이디어를 가지고 가서 발표를 했는데 프로그램 제작이 결국엔 취소된 경우도 있었다.

주임 교수인 PD 교수님은 새로운 코미디 프로그램이 시작된다고 말했는데, 학교에서 말한 게 아니었다. 같이 보러 간 코미디 공연이 끝나고 공연을 마친 개그맨들과 같이 식사를 한 적이 있었다. 이 자리에서 PD 교수님은 새로운 코미디 프로그램이 시작이 된다고 했으며 그 개그맨들에게 어려움을 말했다. 그 공연에 나왔던 개그맨들은 전성기가 지난 개그맨들이었고 공연에 했던 것은 방송에 부적합한 내용이라 방송에 나가기를 거부하는 대답을 하였다. 새로운 콩트 코미디를 위해 애쓰는 분의 절박한 표정이 나의 마음을 아프게 했다. 내가 바라본 시점에서는 새로운 콩트 부활을 향해 애쓰는 PD 교수님의 모습이 너무 초라해 보이기 시작했다. 순간, 콩트 코미디를 부활시키려고 애쓰는

PD 교수님에게 무언가 도움을 주고 싶다는 생각이 들기 시작했다. 내가 개그학과에서 연구했고 개그맨이 되면 쓰려고 만든 콩트 아이디어를 가져가기로 마음먹었다. 내가 개그맨이 되면 사용할 아이디어를 주는 것은 마음속에 엄청난 고민을 가져다주었지만, 새로운 코미디 프로그램의 책임 프로듀서를 맡은 PD 교수님에게 조금이나마 도움을 주려는 마음이 다음 날, 바로 방송국으로 향하게 되는 발걸음으로 전환된 것이었다.

시간은 없고 해서 개그학과에서 나름대로 연구한 것을 급하게 볼펜으로 적어서 방송국에 가져갔다. 그런데 그날은 그 코미디 프로그램의 첫 녹화일이었다. 담당 PD를 만날 수는 없었고 PD 교수님이 대신 전해 준다고 했다. 프린트로 뽑아 오지 않았느냐는 소리를 들어 기분이 좋지는 않았다. 나는 콩트 코미디를 살리는 게 중요하지 지금 그게 중요하지 않다고 생각되어 빨리 가져가려고 했던 것이다. 그리고 내가 글자를 잘 쓰기 때문에 못 알아볼 글자는 없고 너무 급박했기 때문에 도움을 주려고 서둘렀기 때문에 그렇게 한 것이다.

신설되는 코미디 프로그램의 제목은 바로 20여 년간 방송된 〈개그콘서트〉였다. 내가 가져간 아이디어 중에 채택된 것은 무려 세 가지였다. '심청전', '뮤지컬 버전', '과거 속으로'가 있었다. '심청전'은 심청이가 물에 빠지기 전에 엉뚱한 소리를 하는 내용이었고 '뮤지컬 버전'은 뮤지컬을 배우던 시절을 생각하며 콩트에 뮤지컬을 입힌 아이디어였으며, '삼색버전' 중의 하나로 방송되었다. 내가 개그학과에서 생각해낸 특급 아이디어 '과거 속으로'라는 아이디어는 과거로 가서 지난 일들을 바꿔 버리는 독특한 아이디어로 방송된 것을 보고서 정말 재미있다고 느꼈던 아이디어였다. 지금 생각해도 과거로 가서 과거를 바꾸는 콩트는 진짜 공짜로 주기에는 아까운 엄청난 콩트라고 생각이 된다. 당시 콩트로서는 신선한 충격을 주는 내용이었다. 개그학과에서 연구한 개그가 빛이 나게 된 것이었다. 하지만 개그콘서트 PD는 나에게 어떤 말도 하지 않고 내 아이디어를 응용해서 콩트를 만들어 방송했다. PD 교수님은 개그콘서트 PD에게 따지러 간다고 했으나 나는 말릴 수밖에 없었다. 개그콘서트 PD로 인해 화가 났지만 내가 개그맨이 되어서 개그콘서트에 출연할 수도 있기 때문에 말려야 했고 개그맨으로 뽑힐 것 같다는 생각이 들었다. 그리고 개그맨이 되면 어떻게 할 것인가를 고민하게 만들었다. 즐거운 상상의 나래를 펼쳐내는 시간 속에 유행어가 될 대사를 만들어 보기도 했다.

　2000년 개그맨 공채에 자신 있게 응시했다. 심사 위원에 개그콘서트 PD는 앉아 있었다. 나는 진짜 합격의 기대감이 상승한 채로 공채 시험을 봤다. 물론 합격시켜 줄 거라는 느낌이 들었다. 개그맨이 되면 찾아가서 이렇게 말하고 싶었다.
　'안녕하세요. 개그콘서트에 아이디어를 제출해서 시청률 상승에 도움을 드린 신인 개그맨입니다. 뽑아 주셔서 감사합니다!'
　그러나 개그맨 공채에는 떨어졌고 특채로도 뽑아 주지 않았다. 나는 심사 위원을 웃기지는 못했지만 억울했다. 엄청난 아이디어를 제공했는데 가차 없이 떨어뜨리다니 너무나 야속했다.

나는 그 후, 첫 번째 유머책에 '개그콘서트'의 아이디어를 내었다는 것을 적었고 개그콘서트 조연출에게 그 책을 주었는데 아무런 항의를 받은 적이 없어 내 아이디어로 만든 것을 인정한 것이나 다름없었다. 하지만 그것을 확인하려고 일부러 조연출을 찾아가서 책을 준 것은 아니었다는 것이다. 방청할 때 도움을 준 그분을 책 내고 얼마 후에, 책을 교수님들에게 선물하러 방송국에 갔을 때 우연히 방송국 커피숍에서 만났다. 책도 많이 있고 만나서 반가워서 갑자기 준 것이긴 한데 내 아이디어로 콩트를 만들고 고맙다는 말을 안 한 PD였으면 안 주었을 것이다. 그 개그콘서트 PD는 나중에 어떻게 되었을까? 그는 세월이 흘러 방송국의 사장이 되었다는 소식이 들려왔다.

'내가 도대체 무슨 짓을 한 것일까!'

06
시트콤

. . .

　시트콤은 등장인물과 동일한 배경을 바탕으로 한 에피소드 중심의 코미디 드라마다. 90년대에 시작된 국내의 시트콤은 매회 다른 이야기를 다루며, 드라마국에서 제작된 시트콤이 있었고 예능국에서 제작된 시트콤이 있었는데 드라마국에서 만든 시트콤은 재미없었고 그래서 시트콤은 예능국에서만 만들게 되었다.

　개그학과를 다니던 가을에 PD 교수님이 연출하는 시사 코미디 프로그램에 보조 출연하게 되었다. 기자 역할로 많이 나왔다. 기자들이 서 있는 곳에 연기자가 나와서 인터뷰할 때 대사 없이 쳐다보는 역할이었고 한번은 회장의 경호원 역할로 나왔다. 대사는 없지만 방송 경험을 얻을 수 있었고 99년 11월부터 6개월간 출연하였다. 매주 한 번 희극인실에 가서 대기하며 개그맨들이 하는 대화를 들었는데 재미있었다. 출연자 중엔 개그맨뿐만 아니라 유명 탤런트들도 있었다. 어떤 개그맨은 PD 교수님에게 아이디어 회의를 왜 하지 않느냐고 묻자, 작가와 한다고 하니까 그 개그맨은 예전에는 같이 했었다고 말하기도 했다. 이 프로그램은 시사에 맞는 콩트를 작가가 써 오면 오후에 녹화해서 그날 바로 편집해서 밤에 방송하는 프로그램이었다. 예전에 시사적인 콩트를 녹화하고 며칠 후에 방송되면 방송되는 시기에는 녹화 내용과 어울리지 않게 되기도 했지만 녹화해서 바로 그날 밤에 방송하니 제대로 된 시사 코미디가 되었다고 생각했고 빨리 편집하는 게 신기하기도 했다. 그리고 나는 연극할 때 하찮은 역할을 주인공으로 만드는 능력을 보유했다고 생각했지만, 방송에서는 카메라로 거의 안 잡히니까 이번에는 내 능력도 아무 소용이 없음을 느끼게 해 주었다. 카메라 밖에서 잘해 봐야 아무 소용이 없다는 것을 느꼈다.

그리고 개그학과를 다니며 프로그램에 보조 출연 중이던 99년 12월에 예능국 부장이기도 했던 PD 교수님에게 당시로는 내 입장에서 하기 힘든 엄청난 말을 할까 고민하게 된다. 나는 시트콤 연기를 해 보고 싶었고 관심이 많았다. 우리나라 최초의 시트콤에서 작가를 했던 교수님에게 시트콤을 배우면서 더욱더 관심이 많아졌다.

당시 99년 말에는 PD 교수님이 있는 방송국에선 코미디는 다른 방송국을 압도했지만 시트콤은 없었고, 98년에 일일 시트콤 연출을 했다가 낮은 시청률로 아픔을 겪었던 분이었기에 내가 시트콤을 하라고 한다면 '야단맞지는 않을까?' 하는 조바심도 있었다. 당시에는 타 방송사에서 하던 일일 시트콤 〈순풍산부인과〉는 하늘 높은 줄 모르고 엄청난 인기를 얻고 있을 때였다. 경쟁사 방송국의 시트콤과 경쟁하기는 힘들 것이라고 누구나 다들 생각하고 있었을 것이다. 하지만 나는 이 방송국에서 〈순풍산부인과〉에 상대할 수 있는 시트콤을 충분히 만들 수 있을 것 같았다. 그리고 시트콤의 장점은 무엇인가? 드라마의 절반에 가까운 제작비가 들어간다는 것이다. 적은 제작비가 들어가서 부담이 없으리라는 생각도 있었고 비록 지난 시트콤에서는 실패했지만 이번에는 성공할 수 있다는 생각이 들어서 시트콤으로 안 좋은 기억이 있는 분에게 과감하게 제안을 하려고 생각했던 것이었다. 물론 시트콤을 하게 된다면 나에게 작은 역할이라도 줄 것 같았다.

여기서 한번 생각해 보자. 이런 상황이 일어날 수 있을까? 엑스트라가 방송국 간부에게 프로그램을 신설하라고 지시하는 상황이 일어난다고? 이게 현실 속에서 펼쳐질 수 있을까? 그렇다. 불가능이 없다고 생각하는 나라면 가능하다. 나의 당돌함이 세상의 편견을 깨고 목적지에 도달되었다.

"〈순풍산부인과〉 같은 시트콤을 했으면 좋겠어요."

너무 희한한 상황이 펼쳐진 것이다. 시트콤을 신설하라는 엑스트라의 명령이 방송국 부장에게 날아간 것이다. 그러자, PD 교수님은 약간의 거부감이 있는 표정을 지으며 말했다.

"작가가 없어."

그렇게 말하자 살짝 맥이 빠지는 느낌이었다고나 할까? 그래서 더 말하려고 했던 것을 중지하고 말았다. 이 방송국의 작가도 좋은 작가가 있을 텐데 왜 작가 때문에 못 하는 건지 이해가 가지 않았다. 그렇다. 방송 프로그램은 PD가 작가를 얼마나 활용하느냐의 싸움이다. 시트콤을 쓸 만한 작가가 없다면 만들기 힘들 것이다. 그래서 내 제안은 멀리 날아가는 풍선쯤으로 생각되었고 시트콤은 당분간 제작 안 하는 것으로 생각되었다. 그런데 2개월 후에, 다른 지상파 방송국에서 새로운 주간 시트콤이 만들어지며 인기를 얻기 시작하면서 지상파 방송 3사 중 유일하게 시트콤을 안 하는 방송국이 된 것이었다. 그래도 PD 교수님에게 시트콤을 쓸 만한 작가가 없다는 말을 들었기 때문에 시트콤이 갑자기 만들어지는 것은 상상을 할 수 없었다. 그러다가 놀라운 소식을 전해 들었다. 내가 시트콤 제안을 한 지 5개월 후인 2000년 5월에 〈멋진 친구들〉이라는 일일 시트콤이 방송된다는 소식이었다.

'이게 어떻게 된 일이지? 시트콤을 쓸 작가가 없다고 했는데!'
작가가 없어 시트콤을 안 한다고 해 놓고 5개월이라는 짧은 시간 후에 나에게 한마디 말도 없이 일일 시트콤이 방송되는 것이었다. 〈멋진 친구들〉은 세 명의 젊은 개그맨이 주인공을 맡았고 방송국 PD의 일과 사랑을 다룬 시트콤이었고 예능 PD들이 특별 출연하기도 했다. 내가 시트콤 제의를 한 지 5개월 만에 시트콤이 만들어졌다. 예능국 부장인 PD 교수님이 직접 연출한 것은 아니었지만 시트콤에 관여한 것 같았고 다른 예능 PD가 연출했다.
이 시트콤은 시작할 때는 〈순풍산부인과〉와 다른 시간대에 있었다. 그러다가 두 달 후, 시간대를 옮겨 〈순풍산부인과〉와 거의 같은 시간대에 맞대결을 펼치는 놀라운 상황이 펼쳐져 경악을 금치 못했다. 〈멋진 친구들〉이 10분 빨리 방송되었다.

'세상에 이럴 수가! 〈순풍산부인과〉와 정면 대결을 선택하다니!'

무엇 때문에 정면 대결을 하는 걸까? 엄청난 시트콤과 맞대결을 선택하다니 놀라웠다. 사실 '순풍산부인과 같은 시트콤'이라고 PD 교수님에게 말한 것은 재미있는 시트콤이 만들어졌으면 해서 말을 한 것이다. 그런데 PD 교수님은 나의 한마디를 어떻게 해석한 걸까? 혹시 '순풍산부인과와 같은 시간대의 시트콤'으로 해석한 게 아닐까?

나는 이런 생각을 할 수밖에 없었다.

'개콘의 엄청난 아이디어를 낸 나의 명령에 가만히 있을 수는 없었구나!'

엑스트라의 명령을 너무 잘 받아들이는 방송국 부장의 추진력에 감탄사가 흘러나왔다. 그런 엄청난 시트콤과 같은 시간대에 맞대결이 펼쳐지며 양 방송사의 명예를 건 시트콤 전쟁이 뜨겁게 시작되었다. 그야말로 총성 없는 시트콤의 전쟁이 새천년 여름에 방송가를 강타하기 시작했다. 둘 다 흥미로운 내용으로 펼쳐지면서 막상막하의 경쟁이 시청자의 선택 고민을 안겨 주면서 평일의 대격돌은 치열했다. 그리고 예상을 깨고 〈멋진 친구들〉이 앞서 나갔다. 놀랍게도 〈멋진 친구들〉이 시청률로 〈순풍산부인과〉를 이긴 것이다. 나는 말로 형용할 수 없는 카타르시스를 느꼈다. 여기에는 〈순풍산부인과〉의 인기 연기자의 하차 등 여러 가지 문제로 반사이익을 얻은 것도 없지 않았지만 나름대로 재미있었다. 한때, 최고의 인기를 누렸던 〈순풍산부인과〉는 일일 시트콤 맞대결에서 참패를 당하는 비극을 맞이하였고 2000년 12월에 폐지되었다. 정말 〈멋진 친구들〉로 거짓말 같은 엄청난 일이 일어났다. 이것을 나는 '새천년의 기적'이라고 부른다. 하지만 PD 교수님은 그 시트콤이 나의 제의로 인해서 만든 건지 아닌지 아무 말이 없었다. 아마도 그 말을 나에게 한다면 본인이 연출도 안 하는 시트콤에 출연을 시켜 달라고 할까 봐 그런 거 같았지만 서운했다. 그 시기가 내가 첫 번째 유머집을 내는 시기와 겹쳤고 PD 교수님이 축하 글을 써 주었기에 내가 따질 수도 없는 입장이었다.

그 시트콤을 연출한 예능 PD는 어떻게 되었을까? 〈순풍산부인과〉를 이긴 PD로 명성을 얻고 다른 시트콤도 연출하며 경력을 쌓아갔고 나중에는 영화감독이 되었고 드라마 전문 PD로 완전히 변신했다. 그 PD는 누구인가? 무명 개그맨에게 메뚜기 탈을 씌워 스타로 만들었다는 바로 그 PD이다. 그렇다. 여기서 난 이런 결론을 내렸다.

'그 대단한 스타 개그맨을 키운 PD는 내가 키운 것이다!'

나하고 한 번도 만나지도 못한 그 PD가 이 말을 듣는다면 '나를 키웠다고? 그게 뭔 소리야?'라며 어이없어할지도 모르지만 나는 결론을 그렇게 내렸다. 나는 실로 엄청난 일을 해냈다고 주장한다. 혹시, 제작진이 나 때문에 시트콤이 생긴 것이 아니라고 반박을 할 수도 있지만 시트콤을 만들자고 했는데 시트콤을 쓸 작가가 없다는 제작진이 5개월 만에 시트콤을 만들었다는 것은 사실이다. 과연 내 제안이 시트콤을 만드는 계기가 되었을까? 내 생각은 나의 제안이 조금이라도 영향을 미쳤다고 생각한다. 나는 당당히 말할 수 있다.

"내가 〈순풍산부인과〉를 무너뜨린 놈이야."

하지만 이때, 나는 첫 번째 유머책이 나오는 데 집중하느라 시트콤이 갑자기 생긴 이유에 대해서 못 물어보고 출연시켜 달라고 하지 못한 것이 후회되기도 했다.

결국 그렇게 한 방송국에 두 번이나 엄청난 도움을 주었지만 아무런 보상을 받지 못하고 고맙다는 말도 못 듣고 나만 바보가 되는 느낌을 받았다. 그 이후에도 PD 교수님은 그 시트콤의 탄생과 시트콤 맞대결에 대해서 전혀 나에게 아무 말도 안 했다. 내 생각에는 〈순풍산부인과〉와 같은 시간대에 정면 대격돌을 한 것은 내가 했던 말에 힘을 얻어서 한 것 같다고 생각한다. 물론 그 시트콤이 시간대를 옮긴 이유는 다른 방송국의 드라마와 시간이 겹쳐서 옮겼지만, 하필 〈순풍산부인과〉와 같은 시간대로 갔어야만 했을까? 내가 말했던 것이 있어 자신감 있게 맞대결을 하지 않았나 생각된다.

누구나 이렇게 생각할 수 있다. 내가 제안해서 시트콤이 만들어졌으니 출연시켜 달라고 PD 교수님을 쫓아다니며 괴롭히고 해야 되지 않았나! 그때는 책을 출간하는 데 도움을 준 분에게 그렇게 하는 것은 예의가 아니라고 생각했다. 하지만 지금 생각해 보니 시트콤에 출연시켜 달라고 생떼를 한번 써 볼 것을 그랬나 보다!

시트콤을 하자고 말했던 나에게 오는 건 없었다. 나는 또다시 방송국 직원이 잘되게 도와준 외부인이 된 것이다. 그리고 내가 시트콤 제안을 하기 전에는 예능 PD였던 그 PD가 세월이 흘러 드라마 본부장이 되었다는 소식이 들려왔다. 본부장은 직급이 국장보다 높다.

'내가 또 무슨 짓을 한 것일까!'

07
보조 출연
...

    개그학과를 수료하고 개그맨 공채도 떨어지고 영화 촬영도 다 취소되고 시사 코미디 프로그램의 보조 출연도 끝이 나고, 첫 번째 유머책도 거의 다 쓰자 연기자를 포기할까 고민도 했지만, 이대로 물러나기에는 내 연기력이 아깝다는 생각을 했다. 연기 공부를 했던 날들이 많아 이대로 연기를 끝내기엔 아쉬웠다. 뭔가 기회만 주어진다면 내 잠재력을 발휘하여 연기를 펼쳐 내고 싶은 마음이 넘쳐났지만 세상은 나를 위해 존재하지 않는 걸까?

    나의 연기력이 최고라고 생각되지만 나를 쓰는 분이 없다면 내 연기력은 쓰레기통에 들어가게 되는구나. 안타까운 내 젊음이여~. 엄청난 나의 능력을 알아주지 못하는 분들은 도대체 왜 그런 걸까? 이 세상 속에 버려진 것 같은 느낌이 들었다. 내가 여기서 포기를 해야 하나? 아니면 오뚝이처럼 일어나서 도전을 해야 하나? 심한 갈등이 밀려들었다. 시대를 잘못 타고난 걸까? 운이 없어서 그런 걸까? 나의 고민 속에서 열심히 버티면 연기자가 될 수 있다던 연기 학원 선생님의 목소리가 아른거렸다. 나이는 30대로 접어들었지만 결론은 포기하지 말자는 것이었다. 마음을 굳게 잡고 무엇을 할까 고민했다.

결국 연기자의 꿈을 간직하며 일을 하기로 마음먹고 보조 출연 업체에 등록했다. 보조 출연이 어떤 배역이든 주인공으로 만들어 버리는 나의 적성에는 맞지 않은 일이었으나 현실을 받아들이고 미래를 꿈꿔야겠다고 생각했다. 묵묵하게 튀지 않게 해야겠다고 생각했고 보조 출연을 하면서 현역 연기자에게 물어보면서 연기자 오디션도 보러 다니려고 했다. 내가 등록한 보조 출연을 하는 업체는 스텝 보조도 같이하는 업체였다. 당시 2000년에는 방송국이 여의도에 몰려 있어서 아침에 여의도로 출근해서 버스를 타고 이동해서 촬영했다. 현대물은 보통, 정장 한 벌과 평상복 두 벌을 준비물로 가져갔다. 그리고 보조 출연자들은 스텝이 타는 차량의 맨 뒤쪽에 모여 앉아 촬영이 있으면 내렸고 없을 때는 계속 앉아 있었다. 보조 출연은 대기시간이 많았다. 계속 기다리는 게 일인 셈이다. 기다리다가 촬영도 안 하고 끝나는 경우도 있었다. 좋은 점은 보조 출연은 오전에 끝나도 하루 기본 일당이 나오므로 빨리 끝나면 기분 좋은 퇴근을 맞이할 수 있었다. 탤런트는 등급별로 회당 출연료를 받는다. 하지만 보조 출연자는 일당 출연료를 받는 게 다르며 경력에 상관없이 똑같이 받는다. 당시 보조 출연 업체에서 일한 드라마의 출연료는 계좌이체가 안 되었으며 출연료 받는 날은 한 달에 2~3일이었고, 하루 일을 쉬고 도장을 들고 가서 직접 현금으로 받아야 했으며 보조 출연자는 재방 출연료도 없었다. 어느 탤런트가 방송에 나와 10여 년 전에 찍은 드라마의 재방료가 들어온다는 말을 들었을 때 소름 돋으면서 무척 부러웠던 적이 있다. 여기서 회당 출연료를 받는 탤런트와 개그맨의 다른 점은 편집 과정에서 '통편집'을 당했을 때, 드라마를 녹화한 탤런트는 출연료가 나오지만 콩트를 녹화한 개그맨은 출연료가 나오지 않는다는 점이 다르다. 물론 보조 출연자는 편집을 당하든 말든 출연료는 상관이 없었다.

여러 장소에서 촬영했다. 병원, 학교, 시장 등에서 촬영을 했고 거리에서 촬영하는 일이 많았다. 어떤 날은 출연은 안 하고 대기만 하다가 눈사람을 만들라고 해서 눈사람만 만들고 끝난 날도 있었다. 여름에 겨울 장면을 촬영할 때는 두꺼운 옷을 입고 더워 힘들었다. 그리고 겨울에 바닷가에서 수영복만 입고 찍은 날도 있었다. 12월이던 어느 날, 전날 수영복을 준비물로 받아서 이상하다고 생각했다. 아침에 도착하니 수영복 입고 바닷가에서 촬영을 한다는 말을 들었다. 이게 뭔가 싶었다. 추워서 벌벌 떨 것이라는 생각이 머리를 하얗게 만들었다. 겨울에 수영복 팬티만 입고 촬영할 줄이야? 그렇다고 이런 촬영에 보너스 출연료는 전혀 없다. 나는 탤런트가 되어 이런 촬영을 맞이한다면 그래도 행복할 것이라는 느낌이 들었다. 하지만 보조 출연자의 입장에서는 서글픔이 온몸을 감싸 돌고 있었다. 그렇게 겁나는 심정으로 버스를 타고 바닷가에 도착했다. 그런데 바닷가에 도착하고 나니 날씨가 이상하게 따뜻했다. 수영복만 입고 12월의 바닷가에서 벌벌 떨면서 찍을 것이라는 나의 예상은 완전히 빗나갔다. 의외의 날씨에 나는 무언의 환호성을 터뜨렸다. 진짜 바닷가로 놀러 온 것 같은 기분이 들었다. 물에는 못 들어갔지만 백사장을 왔다 갔다 했다. 그리고 배를 타고 촬영을 하기도 했다.

'어라! 오늘 땡잡았네.'

그렇게 최악의 촬영이라는 예상과 달리 휴가 같은 촬영을 하였다.

영화관에서 영화를 보며 촬영한 적도 있었다. 실제 영화관에서 상영되는 영화를 처음 부분만 보았다. 그냥 영화를 보고 있기만 하면 되는 것이었다. 영화관 영업이 시작되기 전에 촬영을 끝내야 하기 때문에 아침 일찍 찍었다.

분장이 힘들게 하는 경우도 많았다. 대머리 분장을 했는데 비닐을 씌우고 그 비닐을 살색으로 분장했다. 분장사는 PD에게 말해서 먼저 촬영하라고 말했다. 이게 말이 되는 일인가? 보조 출연자가 PD에게 촬영 순서를 바꾸게 해 달라고 부탁하는 게 말이 되는가? 불편하면서 떨어질 것 같은 불안감 속에서 몇 시간을 참았다. 결국 야속하게도 낮촬영 중 가장 마지막에 촬영하게 되었고 비닐이 떨어지는 것 같아 마음을 졸이며 촬영을 해야 했다.

그리고 어떤 날은 환자 역할이었는데 과도하게 분장을 해서 힘들었던 적도 있다. 얼굴과 팔에 분장을 심하게 해 놓았는데 팔은 나오지도 않았고 얼굴도 멀리서 잡아 분장은 안 해도 되는 상황이었다. 쓸데없는 분장만 엄청나게 했고 촬영이 끝나고 나서 잘 지워지지도 않았다. 사우

나에 지우러 갔는데 사우나 직원이 놀란 모습으로 바라보기도 했다.

그리고 시트콤에서 은행 경비원 역할을 맡았다. 은행에 강도가 들어서로 총을 겨누는 장면이었다. 권총과 경비원 옷을 받았다. 경비원 옷을 입었는데 작아서 입기 힘들었다. 드디어 총을 겨누는 장면이 펼쳐졌다. 강도에게 총을 겨누면서 다가섰다. 목숨을 건 경비원의 역할에 최선을 다하자고 생각하였다.

촬영을 하면서 방송과 현실이 다르다는 것을 느꼈다. 경비원과 강도가 서로 총을 겨누는 장면에서 굳이 가까이서 겨눌 이유는 없다. 가까운 곳에 있으면 총에 맞을 확률만 높일 뿐이다. 하지만 멀리 떨어져서 겨누니까 NG가 났고 카메라 감독이 한 화면에서 잡기 위해 가깝게 서라고 했다. 가까운 곳에서 총을 겨누니 어색하기도 했고 엄청난 긴장감이 흘렀다. 그리고 찍다가 바지가 찢어져 웃음거리가 되어 창피했다. 당시에 사이즈가 작은 바지를 주는 경우가 많았다. 결국 단역 같은 배역을 맡아도 출연료는 더 받지는 못하니 허탈했다.

어느 날, 준비물에 여행 가방이 있었다. 나는 평소 가지고 다니는 배낭을 가지고 갔는데 어떤 젊은 여자는 바퀴 달린 캐리어 가방을 가지고 왔다. 반장이 놀라면서 말했다.

"그런 것은 여기서 다 줘."

그 여자는 무안한 표정을 지었다. 특히 공항에서 촬영을 할 때 바퀴 달린 가방을 소품으로 주는 경우가 많다. 그 여자는 일한 지 얼마 안되는 것 같았다. 이동하면서 버스 안에서 촬영을 기다리고 또 기다렸지만 보조 출연이 나오는 장면은 없었다. 보조 출연의 일은 끝없는 기다림이라는 생각이 또다시 들었다.

그러다가 차에서 남자들만 지목해서 내리라고 했다. 그래서 촬영을 하기 위해 내리는 것이라고 생각하였다. 그런데 이게 뭔가? 보조 출연자에게 눈사람을 만들라고 하는 게 아닌가? 황당했다고나 할까? 보조 출연자도 연기자인데 눈사람을 만들라고 하다니 황당했다. 시키니까 어쩔 수 없이 투덜투덜 대며 추위에 벌벌 떨며 눈사람을 만들어야 했다. 큰 눈사람과 작은 눈사람을 만들라고 했다. 그때 나는 구두를 신고 있었고 눈이 쌓인 곳에서 눈사람을 만들었기에 발이 무척 차갑게 느껴졌다. 눈사람을 만들고 버스에 올라탔다. 그리고 버스에서 기다리다가 보조 출연자 전원은 촬영을 안 하고 일이 끝났다. 그러니까 촬영은 안하고 눈사람만 구두 신고 만들고 끝나니 허탈하다고나 할까? 왜 눈사람을 만들라고 한 건지 궁금했다. 그런데 방송에 나온 것을 보니 눈사람이 극에서 엄청난 역할을 하는 것을 보고 놀라지 않을 수 없었다. 보조 출연자가 만든 눈사람끼리 뽀뽀시키고 주인공끼리 키스하고 명장면이 탄생되었다. 신기했다.

재현 드라마에도 출연했는데 대사가 있는 경우도 많았다. 도박하다 망한 내용이 있는 극에서 회내고 때리는 역을 맡았는데 여자 공채 탤런트로부터 잘한다고 칭찬을 받았다. 방송을 보았는데 마지막에 내 이름이 자막으로 올라가는 것을 보고 깜짝 놀라기도 했다. 보조 출연자는 대사를 해도 자막에 이름이 올라가는 것은 거의 없고 보조 출연 업체와 반장 이름이 올라가는 게 대부분이다.

  사극 출연을 할 때는 남자는 수염을 본드로 붙이고 하루 종일 야외에서 촬영해야 했다. 수염을 붙이면 본드 냄새가 나고 굉장히 불편하기도 했다. 수염 붙이는 것 때문에 사극 촬영에 안 나오는 보조 출연자도 있었다. 가마꾼 역할을 하기도 하였는데 가마를 들 때 옆에 4명 중 한 명이 들지 않아 가마에 타고 있던 연기자가 넘어질 뻔하기도 했다. 가마에 올라탄 배우가 수고했다고 1인당 용돈 10만 원씩 줬다는 전설적인 이야기가 있다고는 하지만, 나는 가마꾼을 많이 했지만 용돈을 받은 적은 없다. 드라마, 영화에서는 가마꾼과 다른 역할을 맡는 분이나 출연료는 똑같고 행사는 가마꾼이 조금 더 받는다. 몸무게가 많이 나가는 분을 태우면 너무 힘들었다. 하지만 가벼운 아역 배우를 태우면 너무 가벼워 좋았다. 어느 날 사극 촬영에 가마에 태웠던 소녀에게 나는 질문을 던졌다. 그 소녀는 당시, 중학생이며 주인공의 아역으로 출연하는 귀여운 탤런트였다. 계속 출연 하나고 물어보았다. 물어본 이유는 내가 곧 책이 나오기 때문에 책을 주려고 물어본 것이었다. 그녀는 이제 그만 나오게 될 것이라고 했다. 나는 아쉬워했다. 그녀는 내가 왜 물어보았는지 아직도 모를 것이다. 그녀는 광주에서 온 차를 타고 이동을 했는데 그녀가 고궁 앞에서 차 안에 대기하고 있으면, 선팅을 해서 차 안이 안 보이는데도 남학생들이 광주에서 온 자동차가 고궁 앞에 있는 것을 보고 누군지 눈치를 채고 차 주변에서 난리가 났다. 나는 가라고 돌려보냈다. 그러자 그녀의 할머니가 내려서 고맙다며 내게 우유를 주기도 했다.

남부 지방으로 내려가서 사극 촬영하는 경우에는 전날 밤늦게 모여 버스를 타고 가는데 2~3시간 후, 잠을 자면서 가다가 도착하면 대기하다가 수염을 붙이는 분장을 하고 촬영을 하곤 했다. 겨울에는 무척 추운데 새벽까지 촬영하면 벌벌 떨면서 촬영을 했다. 눈이 왔을 때는 이동하다가 넘어지기도 했다. 그리고 새벽에 촬영이 끝나면 어떤 분은 서울로 가고 어떤 분은 현장에 남아서 식당이나 슈퍼의 빈방을 구해서 자고 나와서 촬영을 하곤 했다. 서울에 갈지, 남을지는 미리 말을 해야 한다. 그래야 남는 인원을 보조 출연 회사에 말해서 현장에 오는 인원을 맞춰야 하기 때문이다. 낮에는 내일도 남아서 일을 한다고 해 놓고 끝나니까 힘들어서 서울로 올라가려 하는 분도 있다. 이때는 보조 출연 인원이 모자라게 되기 때문에 반장이 그분은 벌칙으로 버스를 안 태워 주었다. 그러면 그분은 개인적으로 버스비를 내서 다른 버스를 타고 올라가야 한다. 야간 촬영이 너무 춥고 힘들어서 서울 가려고 했는데 버스를 안 태워 줬다고 나에게 하소연하는 분들의 말을 들으며 안타까워하기도 했다. 겨울에 찍는 사극의 야간 촬영은 너무 두려웠다. 추위가 이기나 내가 이기나 싸우는 게임이다. 밖에서 몇 시간을 버티어야 일당을 받을 수 있다. 그리고 야간 촬영의 아이러니는 밤새고 날이 밝아서 끝나면 오히려 돈을 적게 받게 된다는 것이다. 택시비가 나오지 않기 때문이다. 서울에 올라온 시간이 적용되는 게 아니라 끝나는 시간을 기준으로 적용된다. 그래서 철야에 택시비를 받기 위해서는 새벽 2~3시 정도에 끝나기를 바란 적도 많았다.

　야외 녹화하는 콩트 프로그램을 촬영했는데 어떤 개그맨의 대역을 맡았다. 장군 권총을 들고 있는 장면이었다. 그 개그맨이 바빠서 멀리 찍는 장면에서 내가 장군 권총을 들고 있는 걸 찍었는데 참 내 자신이 한심했다. 나보다 못 웃기는 개그맨의 대역이라니? 참 내가 한심하다는 생각이 들었지만 일당을 받기 위해 열심히 해야만 했다.

그리고 예능 프로그램에서 미팅 현장에도 나갔다. 프로그램 내용은 어떤 여자 연예인에게 맞선 신청을 한 남자와 4대4 미팅을 해서 그 남자를 맞춰 내는 것이었는데 남자 미팅자로 나갔다. 여자 미팅자 3명은 연기 학원에서 섭외했으며 남자 미팅자는 신청한 남자의 친구가 나갔는데 한명이 모자라서 보조 출연 업체로 불러서 내가 나가게 된 것이었다. 내가 한 말에 여자 출연자들이 웃기도 하면서 기분 좋게 촬영을 했다.

그리고 드라마 보조 출연을 하던 중, 군대에서 같이 복무했던 군대 선임 탤런트를 만나게 되었다. 보통 보조 출연자가 드라마 주인공이 된 지인을 보게 된다면 방송에서 많이 봤다며 반가워하는 게 정상이지만 신인급으로 드라마 주인공이 된 그를 나는 못 알아보고 오히려 그가 보조 출연했던 나를 방송에서 보았다고 하며 나를 만나려 했다고 말해 놀라고 말았다. 군대 시절, 나에게 연기자를 하라고 말을 했던 바로 그분이었다. 군대 시절, 연기자가 되라고 나에게 말을 하고, 본인이 드라마 주인공이 되어버린 놀라운 상황이 펼쳐져 너무 황당했다고나 할까? 나이는 나와 동갑이고 군대 시절, 바로 내 옆에서 잠을 잤던 분이었고 농구를 기가 막히게 잘하고 디자인을 전공했던 것으로 알고 있는데 갑자기 연기자가 되어 나타나니 깜짝 놀랐다. 물어보니 그전에도 드라마에 출연한 적이 있다고 했지만 나는 몰랐다. 그는 나중에 술 한 잔하자고 말했다. 드라마 주인공이 엑스트라인 나에게 그렇게 말하니 너무 기뻤다. 나도 군대 선임 탤런트의 도움으로 연기자가 되어 드라마에 출연할 수 있겠다는 상상을 그려 보았다. 나는 유머책을 내었다고 하자 놀라는 표정이었다. 그는 전화번호와 주소를 알려 주었고 나는 내가 쓴 첫 번째 유머책을 소포로 보냈다.

그리고 그 유머책에 들어갈 개그맨들의 사인을 받은 적이 있다. 그날은 보조 출연이 오전에 낮 촬영이 끝나고 밤 촬영까지 시간이 많이 남아 있었다. 보조 출연 반장은 밤에 다시 모이라고 하고 자유 시간을 주었다. 이때가 〈개그콘서트〉의 녹화일이었고 나는 방송국 녹화장에 가서 사인을 받은 것이었다. 어떤 개그맨에게는 내가 개그콘서트에 아이디어를 낸 사람이라고 당당히 말하고 사인을 받았다. 같은 프로그램에 출연해서 알고 있는 개그맨도 많아 수월하게 사인을 받을 수 있었지만 연습하느라 대기실 밖으로 안 나온 개그맨은 사인을 받지 못했다.

나는 촬영할 때 최선을 다하려고 애를 쓴다. 어떤 영화 촬영에서 법원 대기실에 앉아있는 죄수 역할을 맡은 적이 있었는데 가만히 앉아있는 역할이었지만 내면 연기를 하면서 앉아 있었다. 연극 할 때도 그랬지만 연기할 때는 최선을 다하자는 마음이 있었기 때문이다. 여자 주연인 여배우와 나와 둘이 나오는 장면이었는데 가만히 있으면서도 내면 연기를 하느라 집중을 했다. 그리고 여배우와 감독이 대화를 나누고 있었는데 옆에 있는 여배우의 손길이 느껴졌다. 정신 차리고 보니 감독이 나에게 말을 하는데 내가 가만히 있어 알려 주는 손길이었다. 나는 당황하면서 그 말을 들었는데, 여배우의 손길이 와서 느꼈던 전율의 느낌은 길게 갔다. 그 영화에서 만났던 여배우를 다른 드라마 촬영에서 보게 되었는데 아는 척을 하며 깐죽거리니까 약간 싫어하는 표정이 느껴졌다. 촬영장에서 쓸데없는 짓은 하지 말아야겠다고 생각했다.

   보조 출연을 하면서 다양한 역할을 맡기도 했다. 특히, 영화 촬영은 조감독이 보조 출연자 중에서 외모가 괜찮은 사람을 뽑아서 단역 같은 역할을 시키는 경우가 많다. 어떤 영화에서 경찰 역할을 맡았다. 옆에는 진짜 단역이 있었다. 단역과 역할 비중은 비슷하지만 출연료는 10배 이상 차이가 났다. 단역이 부러웠다. 어떤 영화에서는 자동판매기를 관리하는 아저씨 역할을 맡았다. 자동판매기 앞에서 내용물을 교체하고 빠지는 역할이었다. 촬영을 기다리며 대기실에서 기다리다가 잠시 눈을 감고 있었다. 누군가의 여자 목소리가 들려왔다. 눈을 떠 보니 주연을 맡은 여배우가 꿈결처럼 내 앞에서 나를 바라보고 있었다.
   "삼각김밥 먹을래요?"
   어, 이건 꿈이 아닌 것 같은데. 저 여배우가 내게 왜 삼각김밥을 주려는 걸까? 나에게만 둥굴레차를 직접 타 주면서 삼각김밥을 주는 것이었다. 내가 맘에 드는 걸까? 나는 먹으면서 왠지 모를 설렘에 사로잡히기도 했다.
   나이가 40살인 여성 중견 배우를 보았는데 TV보다 훨씬 웃는 모습이 예뻐 '실물과 화면이 이렇게 다른가?' 하고 놀라기도 하였다. 하지만 대부분의 연기자들은 TV와 실물이 거의 차이가 나지 않았다.

그리고 당시, 인기 최정상급인 배우를 보았는데 그녀의 모습은 너무도 순수한 모습이랄까? 청담동 미용실에서 본 그녀의 모습은 나의 눈가에 화사함으로 다가왔다. 그녀는 나와 부딪힐 뻔했는데 먼저 나에게 죄송하다고 말을 한 것이다. 잠시 극 속의 장면 속에 내가 들어간 것 같은 착각을 일으켰다. 그 이후 양수리 세트 현장에서 보았는데 나는 법정에 앉아 있는 서기 역할이었고 그녀는 여자 주인공이었다. 나는 엑스트라 주제에 오히려 이런 영화에 그녀의 영화가 망하면 어쩌나 걱정을 하기도 했다. 전작에서 보였던 발랄한 역이 아니었고 분위기가 약간 처지는 현장이었기 때문이었다. 나는 그냥 앉아서 타자만 치는 시늉만 하면 되지만 그녀의 걱정이 앞섰다. 그 영화는 흥행에 실패하고 말았다. 나는 안타까움을 금할 수 없었다. 하지만 그 후 그녀는 천만 관객이 본 영화의 주인공이 되기도 하며 나를 흐뭇하게 했다. 부산에서 연기 학원을 같이 다닌 배우도 민속촌에서 같이 영화 촬영을 하게 되었다. 너무 반가워 인사를 할까 생각했는데 엑스트라인 내가 초라하게 보여 그냥 바라보아야만 했다. 그녀는 나를 못 알아본 것 같았다. 아니면 그녀도 아는데 모른 척한 걸까? 그리고 보조 출연하면서 중학교 때, 내게 사인을 해 주었던 하이틴 스타가 애 엄마가 되어 다시 만나기도 했지만 아무 말은 못했다. 내가 보조 출연자가 아니라 탤런트였으면 당당하게 반갑다고 말했을 텐데 내가 보조 출연자라는 사실이 원망스럽기도 했다.

영화를 촬영하다 보면 배우에게는 시나리오도 주고 설명도 해 주지만 보조 출연자에게 어떻게 해야 하는지 설명을 안 해 주는 경우가 있다. 스포츠 영화에 출연했는데 기자 역할을 맡았다. 그런데 문제는 어떻게 연기하라는지도 말해 주지 않았다. 마이크만 주고 아무 설명이 없었다. 마이크를 잡고 감독과 인터뷰하는 장면이었는데 경기에 진 감독이 인터뷰를 하다가 중간에 나가는 장면이었다. 알아서 해야 하는 상황이었다. 설명은 없었지만 NG는 안 내려고 상황에 맞게 하려고 노력했다. 감독이 중간에 가자 당황하듯 연기를 하며 쳐다보았다. 다행히 지적은 받지 않고 무사히 촬영이 끝났다.

어떤 날은 준비물에 운동복이 있어 궁금했는데 배구장에서 배구를 하는 장면을 찍는 게 아닌가! 축구, 농구는 많이 해 봤어도 배구는 해 본 적이 없어 당황스러웠다. 내게 일을 주는 지부장님이 배구 잘하냐고 물어보지도 않았는데 당황스러웠다. 나에게 공이 오면 무슨 망신을 당할까 두려웠다. 나는 정신 차리고 열심히 해야겠다고 생각했다. 먼저 몸 푸는 것부터 찍었다. 진짜 열심히 하려고 몸을 과격하게 움직였다. 그러자 반장이 웃으며 연기자보다 튀어 보인다고 했다. 나는 열심히 하려고 한 것뿐인데 억울했다. 그래서 다시 찍을 때는 강도를 줄여 튀지 않게 몸을 움직였다. 그리고 여자 신인 탤런트가 공을 받았는데 멋있었다. 그녀는 당시 20살이었는데 그녀의 운동신경에 감탄사가 나왔으며 눈부신 미모를 간직하고 있었다. 그녀는 나중에 축구 선수와 결혼한다고 하자 뭔가 이해가 되었다. 다행히 나에게는 공이 오지 않앗고 다행이라고 생각되었다.

떡볶이집에서 찍은 적도 있다. 떡볶이집에서 두 명이 떡볶이를 먹는 장면이었다. 내 앞에 앉아 있는 여자와 촬영을 기다리며 떡볶이를 기다리고 있었다. 맛있는 떡볶이를 공짜로 먹을 수 있다는 기다림의 시간은 나를 흥분시켰다. 그런데 보조 출연 반장이 나보고 나오라고 하는 것이었다. 왜 그러는 걸까? 내가 뭘 잘못했나? 두리번거리는 나의 시선에 또 다른 여자 동료가 오는 게 보였다. 그 여자와 교체되고 말았다. 촬영은 시작되었고 그 여자가 떡볶이를 먹는 모습을 보며 나의 표정이 찌그러지고 있었다. 이게 어떻게 된 걸까? 그러니까 이게 어떻게 된 일이냐면 원래 반장은 그 여자를 찍게 하려고 했는데 옷이 어울리지 않아서 옷을 갈아입으라고 시켰고, 갔다 오는 시간에 언제 촬영이 될지 모르니까 나를 잠시 앉아 있게 해 준 것이었고 그녀는 빨리 옷을 갈아입고 온 것이었고 나는 어이가 없었다. 촬영이 끝나자 나와 교체되었던 여자는 촬영 중에 떡볶이만 계속 먹었다며 자랑을 했다. 나는 마음을 진정하느라 고통스러웠다.

전쟁 영화의 보조 출연은 너무 힘들었다. 군대 한 번 더 가는 기분이 들고 힘들지만 모든 걸 이겨 내려고 노력했다. 숙식을 하면서 전쟁 영화를 찍었다. 일대일로 총검술을 하며 격투신도 찍었다. 보조 출연자들의 싸우는 장면은 보조 출연자들끼리 알아서 합을 짜고 찍어야 했다. 같은 동작을 계속 반복하다가 야단을 맞기도 했다. 우리가 무슨 무술 감독도 아니고 합을 짜야 하나? 하지만 어차피 시작한 것 열심히 해야겠다고 다짐했다. 산 밑에서 위로 올라가는 것을 찍었는데 주인공 둘이 대사하고 있는 뒷배경에 올라가는 역할이었다. 한 컷 찍을 때마다 조금씩 올라가는 역할이었다. 그러다가 주인공 근처까지 와서 빠지는 연기를 했는데, 처음 찍을 때 저 위에 있던 보조 출연자들은 금방 빠지고 쉬고 있는데 나는 한참을 찍어야만 했다. 영화로 보았는데 내가 두 주인공 사이로 올라오는 모습이 보였다. 나는 뭔가의 기쁨을 느꼈다. 그리고 자랑했다.

"내가 두 주인공 사이로 나왔잖아."

보조 출연에 늦게 오는 분이 있어 힘들기도 했다. 방송국에 모여서 가는데 늦게 와서 현장으로 바로 오라고 하면서 현장 위치를 가르쳐 주지만, 이동하며 촬영하니까 또다시 위치를 알려 줘야 해서 힘들게 만나는 경우도 있었다.

거리에서 촬영할 때는 스텝이 사람이나 차를 막아서 촬영에 방해되지 않게 하는 경우가 많았다. 보조 출연자가 그런 일을 할 때도 있었다. 그런데 남자 탤런트가 촬영하다가 차를 막고 수신호를 보내는 경우를 보았다. 그러자 운전하던 여자분이 유명한 남자 탤런트의 수신호를 보고 환호를 보냈다. 나는 그 장면을 보면서 웃음이 터져 나왔다.

보조 출연은 나이 드신 분 중에는 돈 벌려고 나오는 분도 계시지만 취미로 나오시는 분도 계시다. 정년퇴임하고 연금이 나와 경제적으로는 어렵지 않으나 나오시는 분들도 있고 건물주도 있었다. 어떤 분이 자신의 건물 이야기를 하는데 가만히 있는데 2억이 올랐다는 부러운

이야기를 하는 순간, 나는 무얼 했나 반성하기도 했다.

나는 잘 생기고 체격이 좋아서 손해 보는 일이 많다. 여러 가지 역할에 여러 번 투입되는 상황이 발생한다. 그렇다고 남들보다 돈을 더 주는 것도 아니다. 어떤 영화에 출연했는데 낮에는 연기자 뒤에서 서 있는 역할이었다. 오랫동안 서 있으니 다리가 아팠다. 5시간 정도 서 있었다. 그리고 밤에는 특공대가 걸어서 들어가는 장면을 찍어야 했다. 서 있었던 분은 다 쉬고, 쉬었던 분들은 특공대 역할을 맡는 것이었다. 그런데 조감독이 나를 가만히 놔두지 않았다. 나를 지목하여 또다시 투입되었다. 나는 어이가 없었다. 잘 생기고 체격 좋은 것이 무슨 천벌을 받을 만한 일인가? 오랫동안 서 있어서 다리가 아픈데 왜 나 혼자, 두 배의 일을 해야만 하는가? 억울해 죽는 줄 알았다. 보조 출연자들 중에서 1인 2역이나 비중이 많은 분들은 돈을 더 주었으면 좋겠다는 생각을 했다.

CF 촬영을 하는 연기자들은 엄청난 출연료를 받는다. 그렇다면 보조 출연자들은 CF를 촬영하면 출연료를 많이 받을까? 영화 촬영처럼 당일에 받고 일당도 영화랑 거의 같다고 볼 수 있다.

햄버거 CF 촬영을 나갔는데 연기자를 두 명이서 들고 끌고 나가는 역할이었다. 그 연기자는 직업 군인 출신이라 그런지 힘이 셌다. 끌고 나가는 것은 무척 힘들었다. CF 촬영은 한 장면을 여러 번 찍기 때문에 계속 반복해야만 했다. 다른 촬영도 NG 나면 한 장면을 여러 번 찍게 되지만 CF 촬영은 최고의 장면이 나올 때까지 계속 찍게 되는 것이다.

연기자들은 어떻게 대사를 외울까? 어떤 연기자가 대사 외우는 것을 보았는데 자기 대사를 사인펜으로 크게 써서 외우는 것을 보고 존경스러웠다. 나도 대사가 많이 주어진다면 저렇게 외워야겠다고 생각했다. 그러나 보조 출연자에게는 짧은 대사이기에 그렇게 할 필요가 없었다.

보조 출연자는 무엇을 잘해야 할까? 연기력보다는 바른 걸음걸이, 소리 없이 말하는 척하기, 기다림을 즐기는 마음이 중요하고 구겨지지 않는 양복을 구입하는 것도 중요하다. 거의 매일 양복을 가방에 넣고 가야 하기 때문이다. 보조 출연에서 단역으로 가는 길은 힘든 것 같았다. 그리고 보조 출연은 오래 해도 연기력은 늘지 않았다. 거의 대사 없이 뒤로 지나가는 경우가 많기 때문에 긴장감도 느껴지지 않았다.

보조 출연 업체는 스텝 보조도 거의 같이하기에 스텝 보조도 나가게 되었다. 방송국 스텝 보조는 소품 보조, AD 보조, 케이블 보조, 조명 보조, 야외 카메라 보조가 있는데 분야별로 다 나가 보았다.

소품 보조는 스튜디오로 소품을 나르는 역할이었는데 음식도 나르며 남은 건 먹기도 하며 새벽까지 이어진 촬영이 끝나고 나면, 소품을 소품실로 원위치하는 것이 힘들었다.

AD 보조는 야외에서 진행 보조를 하는 것이며 소품 등을 나르며 현장 진행에 도움을 주는 것이었다. 어느 날 한강에서 촬영하는데 한강에 거북이가 떠 있어 깜짝 놀랐다. 거북이를 내가 직접 육지로 올려 주기도 했고 거북이를 구경하다가 조연출이 강으로 보내 주기도 했다.

케이블 보조는 스튜디오 카메라의 케이블을 당기면서 카메라 이동에 도움을 주는 것인데 실수로 카메라 감독의 다리를 케이블로 치기도 하였다. 무서운 분이라 쫄았지만 화를 내지 않고 이해해 주는 것 같아 다행이었다. 스튜디오에서 하는 조명 보조로 나갔을 때는 귀로 잘 듣는 게 중요했다. 몇 번 조명을 올리고 내리라는 명령이 나오면 그대로 해야 했는데 발음이 정확하지 않아서 잘 안 들리는 경우도 많아 야단맞기도 했다. 그리고 핀 조명을 맡았을 때는 내가 조명 기사가 된 것 같은 느낌이었다. 나는 조명 기사 옆에서 가요 프로그램의 MC에게 핀 조명으로 비추는 역할을 맡았는데 방송 현장의 그 급박한 느낌을 몸으로 느낄 수 있었다. 조명 보조를 하다가 초등학교 시절 만났던 MC를 보게 되었다. 너무 반가워 가서 인사를 하려고 했지만 생각해 보니 퀴즈 프로그램에서 300점 맞은 내가 대학 학력도 없다는 소리를 들을 것 같아 인사도 하지 못하고 안타까웠다.

야외로 카메라 보조로 나갔는데 ENG 카메라가 1억이 넘는다는 소리를 듣고 카메라를 만지는 손이 덜덜 떨리기도 하였다. 드라마 녹화에서는 야외에서 촬영하고 버스에서 눈 감고 쉬고 촬영하고 하는 것을 반복했다.

뉴스를 녹화하러 갈 때는 연출자는 없었고 기자와 카메라 감독과 카메라 보조 3명만 갔다. 대학교에 갔는데 기자가 학생들에게 출연을 요청하기도 했다. 그리고 말도 안 되는 상황을 목격했다. 2001년 봄에 프로야구가 개막이 된다는 해설 위원의 멘트를 녹화하기 위해 야구장에 갔다. 고교 시절, 야구 결승전에서 보았던 유명한 해설 위원이었다. 야구장에 들어가자 어떤 선수가 팬과 대화를 나누고 있었고 그것을 본 해설 위원이 그 선수에게 호통을 쳤다. 이게 무슨 상황일까? 코치도 아닝 방송국 해설 위원이 선수에게 팬과 말하지 말고 연습하라고 하는 것이었다. 너무 황당했다. 그런데 나중에 알고 보니 그 해설 위원이 학교 후배인 이 선수를 감독에게 추천해서 지명을 했던 사연이 있었던 것이다. 공을 들고 멘트를 해야 되기 때문에 그 선수가 관중석으로 공을 던지자 나는 그 공을 주워서 해설 위원에게 가져다주기도 했다. 그 선수는 해설 위원의 그 말을 듣고 열심히 연습했던 것일까? 놀라운 일이 벌어졌다. 그 선수는 그해에 한국시리즈 우승과 함께 첫 번째 골든글러브를 차지했다. 나는 아직도 그 우승을 해설 위원이 연습하라고 해서 만든 우승으로 기억하고 있다. 그 선수는 몇 년 후 내가 응원하는 팀으로 이적해서 난 너무 반갑고 기뻐했었다.

보조 출연과 스텝 보조를 5년 정도 하면서 초등학교 시절 만난 아나운서, 중학교 시절 만난 하이틴 스타, 고교 시절 만난 해설 위원, 군대 시절 같이 근무했던 군대 선임 탤런트, 연기 학원을 같이 다녔던 여성 탤런트를 다시 만날 수 있었다. 하지만 내 입장에서는 보조 출연을 하는 내 자신이 초라해 보여 군대 선임 탤런트를 제외하고는 아는 척을 할 수 없었다. 정말 엑스트라의 비애를 느낄 수밖에 없었다.

보조 출연을 하다가 연기자로 캐스팅되는 기적을 바라는 마음도 없지 않아 있었지만, 보조 출연을 오래 한다고 연기자가 되기는 힘들었다. 보조 출연을 하면서 유머책을 두 권 내었는데 두 번째 낸 책은 재밌다는 말을 많이 들었지만 많이 팔리지는 못했다. 나는 보조출연과 스텝 보조를 하면서 방송 아이디어를 생각하기도 했다.

08
먹방으로 21세기 신화 창조

• • •

90년대에는 없던 음식 예능이 21세기에 어떻게 생겼을까? 도대체 음식 예능을 처음 만든 사람은 누구인가? 21세기에 생긴 음식 예능을 두고 세기가 바뀌니까 자연스럽게 생겼다고도 생각할 수 있을 것이다. 하지만 그것은 절대 아니다. 여기에는 실로 엄청난 사연이 존재한다.

자! 많은 사람들이 궁금해하는 음식 예능의 출발점이 되는 사건은 무엇이었을까? 과연 누가 최초로 제안을 해서 음식 예능이 생겼을까? PD가 최초로 제안을 한 것일까? 작가가 제안을 한 것일까? 아니면 연예인이 제안한 것일까? 아니면 방송국 직원도 아니고 연예인도 아닌 자가 제안한 걸까?

누군가가 제안을 해서 생겼지, 저절로 생기지는 않았을 것이다. 프로그램의 한 코너로 요리를 하거나 음식에 관련된 것을 보여 준 적은 있지만, 음식 자체가 주인공이 되어 펼쳐지는 음식 예능을 90년대에는 찾아볼 수 없다. 과연 누가 21세기에 음식 예능을 만들었나? 뭔가가 생겨나는 순간, 그것이 너무 말이 안 될 수도 있는 것도 있다. 지금이야 음식 프로그램이 계속 만들어지고 음식 예능 전문 PD도 있는 세상이지만 90년대는 없었다. 음식을 가지고 하나의 예능 프로그램을 만든다는 것은 상상도 못 하는 세상에 전혀 다른 생각을 하고 있었던 한 사람이 있었다. 음식 예능의 탄생 스토리는 마치 거짓말처럼 한 엑스트라로부터 시작이 된다. 바로 나다!

개그학과 시절 '달래 개그'로 PD 교수님을 웃기기도 했던 나는 음식으로 웃길 수 있는 자신감이 있는 상태에서 음식에 관한 것은 방송에서 통할 것이라고 생각을 했고, 먹는 음식으로 방송을 할 수 있는 것을 연구하기 시작했다. 방송에 성욕은 제한이 있지만 식욕은 제한이 없이 할 수 있는 이점이 있고 음식으로 흥미를 끌 수 있는 요소는 많다고 생각하며 음식에 관한 방송 아이디어를 생각하게 되었다. 개그학과 시절, 방송에 사용할 내용을 연구하던 습관이 남아 있어 개그학과를 수료한 이후에도 계속 생각해 보았다. 보조 출연과 보조 스텝을 하며 생각해 놓았던 기획안을 정리하며 음식 예능과 몽타주 예능이 포함되어 있는 5가지 기획안을 완성했다.

나는 방송국에 가져갈 기획안을 짧게 적었다. 방송국에 가져갈 기획안을 간략하게 한 이유는 지난번 〈개그콘서트〉처럼 나의 아이디어를 보고 방송을 만들어 놓고 모른 체할 수 있기 때문이었다. 그래서 5가지 기획안은 두 개로 만들었다. 요점 기획안을 보여 주고 채택되면 진짜 기획안을 보여 주려고 했다.

음식 예능은 한 가지 음식에 다른 재료를 써서 음식을 만든다는 것이 요점 기획안의 내용이었다. 요리를 먹다 보면 한 가지 재료가 그 음식을 맛있게 하거나 풍미가 다르게 느껴지게 하는 경우가 있어 생각해 낸 것이다. 나는 이 예능이 채택되면 하나의 음식을 정해서 다양하게 요리를 만드는 예능을 선보이며 요리사가 넣은 재료의 역할을 부여하려고 했다.

몽타주 예능은 눈으로 보지 않고 귀로 들어서 몽타주를 그려 사람을 찾는 것이 요점 기획안의 내용이었다. 이 예능에서는 그림에서 재미를 찾으려고 했다. 나는 이 예능이 채택되면 연예인 2명과 방청객 그림 모델 1명이 한 팀이 되어 상대방 그림 모델을 직접 본 방청객에게 1명은 귀로 직접 들어서 그림을 그리고 1명은 그림을 보고서 방청객 중에서 그림 모델을 빨리 찾으면 승리하는 내용으로 하려고 했다.

그 외에도 3가지 기획안이 더 있었다. 기획안이 채택되면 출연시켜 달라는 것이 내 요구지만, 그 말은 일단은 하지 않기로 했다. 열심히 만들어 놓고 어느 방송국을 먼저 갈까 고민이 시작되었다. PD 교수님이 있는 방송국으로 먼저 갈 것인가? 만약에 채택되더라도 또다시 방송으로 배신감을 확인해야 할 것 같은 예감이 들었다. 그래서 다른 방송국으로 가려고 마음먹었다. 고민을 하다가 〈우정의 무대〉로 군대 시절, 기쁨을 주었던 방송국으로 먼저 가기로 했다. 그 방송국에 먼저 가서 채택이 안 되면 두 번째로 PD 교수님에게 가려고 마음먹었다. 그 방송국에 아는 사람이 없었다. 이때, 생각해 낸 것이 드라마 촬영하며 만난 적 있는 군대 선임 탤런트에게 부탁해서 같이 가는 것이었다. 그가 옆에 있는 것만으로도 큰 도움이 되리라 생각했다. 만약에 내 기획안을 보고 응용하여 만들고 모른 체한다면 주연급 탤런트인 그가 도움을 줄 거라고 생각했다. 전에 만났을 때 '술 한잔하자'는 말이 떠올라 전화를 걸어 만나서 술 한잔하자고 말했지만 바쁘다고 만날 수가 없다고 했다. 자기가 먼저 술 한잔하자고 해 놓고 내가 전화하니까 바쁘다니 황당했다. 보조 출연자 주제에 바쁘다는 주연급 탤런트를 방송국에 같이 가자고 전화로 조르는 것이 무례한 것 같아 그렇게 하지는 못했다. 그리고 술 마시자는 전화가 오기를 기다렸지만 오지 않았다. 그때, 내 사정을 말했다면 아마도 군 시절 고통을 함께한 그가 승낙했을 가능성도 있지 않았을까!

그래서 혼자 방송국에 가기로 했다. 여의도에 있는 방송국에 가니 안경 쓴 여작가가 나와서 그녀에게 5가지 기획안을 주었다. 내가 방송국 작가였다면 이 아이디어로 작품을 만들 수 있었을 것이라고 생각하니 울적해지는 느낌도 받았다. 나는 방송 작가도 생각이 있었지만 학력이 안 되어 지원 못 했기 때문이다. 며칠 뒤에 다시 방송국을 찾아가서 그 여작가와 다시 만났는데 나의 기대를 저버리는 목소리가 들려왔다.

"안 하기로 했어요."

나는 힘이 빠진 채 여작가를 바라보며 말했다.

"다른 방송국에 가져가도 되나요?"

그러자 이때, 충격적인 장면이 펼쳐졌다. 여작가는 나의 질문에 인상을 쓰는 모습을 보여 주었다. 그 모습은 무언가를 생각하며 인상 쓰는 느낌이었다. 그리고 여작가는 고개를 끄덕였고 나는 방송국을 나왔다.

나는 방송국을 나오고 나서 여작가는 왜 인상을 썼는지 생각했다. 이 기획안으로 프로그램을 만들 생각이 없다면 그렇게 인상을 썼을까? 아마도 안 한다고 하면서 몰래 하는 게 아닐까 하는 생각이 들기도 했다. 여작가 이름을 알아 두지 못한 것이 안타깝게 느껴졌다. 여작가와는 마지막 만남이었고 다시는 보지 못했다.

그리고 이 기획안을 들고 PD 교수님에게 갔다. 그분은 당시 코미디에 관한 인터넷 사이트를 운영하고 있었는데 그 모임에 왜 안 나오느냐고 했다. 사실 개그학과 동기들이 보기 싫어서 안 나간 건데 그 말은 차마 하지 못했다. PD 교수님은 5가지 기획안을 읽어 보더니 말했다.

"방송할 게 없다."

힘이 빠지는 순간, 또 다른 말이 나를 향해 날아왔다.

"아무거나 방송하지 않아."

너무 충격적인 말을 들었다. 나름대로 열심히 만든 이 기획안을 그렇게 말하다니 온몸이 부서지는 충격을 받았다. 왜 그런 걸까? 진짜 방송이 안 될 기획안이라고 생각되어서 그렇게 말을 했을까? 기획안이 좋은데 일부러 그렇게 말하고 몰래 응용해서 방송하려고 했을까? 요점 기획안을 들고 가서 그것만 보고 판단해서 그런 말이 나왔을 수도 있었다. 아무리 기획안이 나쁘더라도 콩트 아이디어를 내고 시트콤 제안으로 방송국에 도움을 준 나에게 너무 심하게 말을 한 것은 아닐까? 엄청난 방송 경력의 PD가 그렇게 심하게 거부하며 말하니 이것은 쓰레기 기획안이라는 생각이 들었고 다른 방송국에 가져갈 생각은 완전히 접었고 요점 기획안과 진짜 기획안은 다 버렸다.

그런데 이게 웬일일까? 그렇게 방송이 안 될 것만 같았는데 놀라운 일이 펼쳐지게 되었다. 첫 번째로 찾아간 방송국에서 내 기획안으로 방송을 만든 것으로 추정되는 프로그램의 막이 올라가게 된 것이었다.

2001년 11월에 〈찾아라! 맛있는 TV〉가 첫 방송이 되었다. 그중, '음식 대격돌 맛 10'이라는 코너는 한국과 일본의 한 가지 음식에 10가지 요리를 보여 주고, 한국 1위를 한 음식은 스튜디오에 요리사가 나와서 설명하며 문제를 내는 코너였는데 1회 방송에서는 한국 편에서 비빔밥을 주제로 육회, 곤드레, 뽕잎, 허브, 해삼 등 특색 있는 재료가 들어간 10가지 요리를 보여 주고 1위를 한 요리에 대해 문제를 내었다. 여기에 들어가는 재료가 뭐냐고 문제를 내어 맞히게 했다. 문제를 맞힌 출연자는 요리를 먹었다. 한 가지 음식에 다른 재료를 넣어서 만든다는 나의 기획안을 보고 만든 것이 분명하다고 느껴졌다. '또 당했구나!' 하는 생각이 들었다. 나는 분노에 휩싸인 채 중얼거렸다.

"방송쟁이들은 다 이러냐? 그래서 내가 군대 선임 탤런트를 내세워 방송국에 갔어야 했는데."

짧은 기획안이더라도 다 응용해서 써먹을 수 있다는 것을 나는 간과하고 있었다. 일부러 짧은 요점 기획안을 주었지만, 영리한 제작진이 그것을 보고 나 몰래 내 기획안을 가지고 회의를 해서 만든 것으로 생각되었다. 다음 주에도 방송은 계속되었고 2회부터 코너 제목을 '음식 대격돌 맛 7'으로 바꿔서 방송되었다. 1회에는 내 기획안으로 만들고

2회부터는 약간씩 변형해서 만들어 가는 느낌이었다.

  그리고 증거가 있는 사실이 아니라 나의 추측이라고 하고 밝히는 내용이 있다. 그것이 무엇인가? 그 방송의 고정 출연진 4명 중에 개그콘서트에 출연하는 신인급 개그우먼이 있었다. 그녀는 내가 첫 번째 유머집을 내었을 때, 그 책에 축하 메시지와 사인을 해 준 예쁜 개그우먼이었고 타 방송국 신인을 쓴 건 뭔가 이유가 있는 게 아닐까 추측했다. 제작진들도 내 유머책을 읽었을 것이고 아마도 내가 현장에 불쑥 나타나 '왜 나에게 말도 안 하고 만들었어요?'라고 한다면 그녀로 하여금 나를 설득하려고 한 게 아닐까? 온갖 생각에 휩싸이며 나의 분노에 채찍을 가했다. 하지만 이것은 당시 나의 추측일 뿐이고 지금 생각하니 아닐 수 있다는 생각이 든다.

  예능의 한 코너로 요리를 하거나 교양 프로그램에서 요리를 하거나 맛집을 보여 준 프로그램은 있었지만 음식 자체가 주인공이 된 예능은 이 프로그램이 처음이었다. 이 프로그램은 엄청난 히트를 치며 '원조 먹방 예능', '원조 맛집 예능'이라는 타이틀을 달며 타 방송국의 부러움을 샀다. 제작진이 능력 있어서 그런 것이라고 할 수 있지만, 내가 없었으면 시작도 없었다. 그 당시, 내 허락 없이 음식 예능을 만든 방송국에 따지러 갈까도 생각을 했지만 보조 출연을 하고 있어 그러기는 힘든 상황이었다. 보조 출연을 그만두고 방송국에 가서 따질까 말까 고민도 했다. 당시, 그 상황에서 방송국이 내 아이디어를 허락받지 않고 방송했다는 기사를 내거나 내가 방송국 앞에서 1인 시위를 한다면 음식이 나오는 프로그램을 보면서 시청자가 방송에 나오는 요리가 맛있게 느껴질 수도, 즐거울 수도 없을 것이며 폐지시킬 수도 있는 상황이었다. 음식 예능의 역사의 관점에서 봤을 때, 가장 위험한 위기가 찾아온 것이었다. 내가 음식 예능을 파괴시키며 방송국에 대응해야 하냐? 아니면 참아야 하나? 내 생각엔 만약 제작진이 내 아이디어로 만들었다고 인정하고 연락하면 내가 그 프로그램에 간섭을 하거나 출연시켜 달라고 할까 봐 두려웠을 것이다. 이 방송국의 입장에서는 콩트 코미디가 타 방송국에 밀리면서 또 다른 예능을 갈구하는 시기에 내가 마치 구세주처럼 나타나 음식 예능이 탄생된 것이었다. 만약 내가 따지러 간다면 아니라고 잡아떼거나 내 아이디어를 도용한 게 아니라 힌트만 얻어서 만들었다고 변명할 수도 있었을 것이다. 그리고 내가 마구 항의한다고 나를 출연시켜 주지는 않을 것 같았고 음식 예능만 그냥 사라질 것 같았다.

결국, 방송국에 항의하지 않기로 마음먹었다. 내 현실적인 문제도 있었지만 사실상, 내가 만든 음식 예능이 사라지는 것을 원하지 않았기 때문이었다. 엄청난 기획안을 그냥 넘긴 것이 안타깝게 느껴졌다. 내가 만든 기획안을 응용시켜 프로그램을 만들어 놓고 모른 체하는 방송국을 향한 분노가 쉽게 가라앉지를 않았지만 참아야 했다. 그렇게 〈찾아라! 맛있는 TV〉는 나의 방해 공작 없이 무려 15년 동안이나 방송되었다.

'내가 또다시 무슨 짓을 한 것일까!'

남이 잘되게 하는 게 내 운명인가 보다. 이 프로그램만 잘된 게 아니었다. 이 프로그램이 잘되자 음식과 관련된 프로그램들이 우후죽순처럼 생겨나기 시작했다.

첫 번째, 음식 예능 프로그램이 많이 만들어졌다. 요리를 보여 주며 먹는 예능 프로그램과 조리가 다 된 음식을 먹는 예능 프로그램, 음식에 대해 토론을 하는 프로그램들이 생겨났다. 2003년에 내가 음식 예능 기획안을 주지 않은 방송국에서 〈결정! 맛대맛〉이 만들어졌을 때는 한 가지 음식을 다른 재료로 요리한다는 형식이 내가 준 기획안에 있는 내용이라 '이 방송국에 아이디어를 준 일은 없는데 어떻게 된 일이지?'라고 생각하며 내가 기획안을 넘긴 방송국 두 군데 중에서 유출이 된 건 아닐까 고민도 해 보았지만, 그건 아닌 것 같고 첫 번째 음식 예능에서 응용되어 나온 예능이라고 생각된다. 출연료도 받고 맛있는 음식도 먹는 출연자들의 모습들은 마치 천국에 있는 것 같은 모습이었다.

두 번째, 음식이 주인공은 아니지만, 음식이 나오는 예능이 많아졌다. 예능을 하는 도중에 재미의 상당 부분을 먹방에 기대고 있는 예능이 많아졌다. 게임을 통해 승자는 맛있는 음식을 먹고 패자는 그 장면을 지켜보는 벌칙을 수행하는 것은 하나의 예능 형태의 틀이 되었다.

세 번째, 음식 먹는 장면이 나오며 사생활을 관찰하는 리얼리티 예능이 많아졌다. 물론 그전에도 아기나 동물을 관찰하는 프로그램은 있었지만, 음식 예능의 신드롬이 있은 후로는 음식을 먹는 장면이 포함되어 있는 리얼리티 예능이 많이 만들어졌으며 현실적인 내용과 함께 최소한의 각본이나 꾸밈으로 방송하는 예능이 많이 제작되었다.

네 번째, 맛집을 보여주는 교양 프로그램이 많아졌다. 맛집의 음식들이 시청자의 시선을 사로잡으며, 방송된 맛집을 보고 많은 시청자들이 찾아가게 하기도 했다.

다섯 번째, 음식 관련 프로그램이 잘되자 음식 드라마도 많이 만들어졌다. 2003년, 음식 프로그램의 열풍 속에 제작된 대장금은 50%가 넘어가는 엄청난 시청률로 히트를 치고 해외 64개국에 수출하며 한류 붐을 일으켰다. 대장금은 의녀로 실존 인물이지만 궁중 요리사였다는 것은 허구이며 조선 시대 궁중 요리사는 남자였기에 논란이 되기도 했다. 그리고 드라마 촬영할 때 만났던 군대 선임 탤런트는 이 드라마로 한류 스타가 되었다. 그 밖에도 여러 음식 드라마가 만들어졌다. 빵을 소재로 한 드라마도 엄청난 히트를 쳤다. 극 중에서 크림빵을 먹는 장면은 레전드 장면으로 남아있다. 놀랍게도 그 드라마는 음식 프로그램을 거부했던 바로 그 방송국에서 만들어졌다. 사극도 아닌 드라마가 마지막 회에 49.3%의 놀라운 시청률이 찍히면서 방송은 종영되어 너무 충격적이었다.

여섯 번째, 인터넷으로 열풍이 이어졌다. 별다른 내용 없이 BJ가 음식을 먹는 것을 보여 주며 대리 만족을 느끼게 하는 1인 먹방이 큰 인기를 얻었다. 2009년 초 인터넷 방송의 BJ들이 자신이 먹는 모습을 방송하기 시작하였고 2010년대 중반에 이르러 먹방이 전 세계적으로 인기를 끌자, 해외에서도 먹방을 한국어 발음대로 'MUKBANG'이라고 표기하며 콘텐츠를 재생산하는 양상을 보였다. 그리고 'MUKBANG'이라는 신조 영어 단어로 등록되었다. 옥스퍼드 영어 사전에서는 '한

사람이 많은 양의 음식을 먹으며 시청자와 소통하는 영상 또는 방송이다.'라고 소개했다. 이것은 먹방이 한국에서 시작한 독특한 방송 형태로 인정을 받은 것이며, 먹방이라고 하면 곧 한국이라는 개념이 전 세계인에게 전해진 것이다. AP통신은 '한국에 뿌리를 둔 먹방이라 불리는 영상이 유튜브와 페이스북을 타고 미국과 전 세계로 퍼졌다.'면서 '일부 먹방 스타들은 큰돈을 벌고 있다.'고 보도하기도 했다.

누군가가 나에게 옥스퍼드 영어 사전에 'MUKBANG'이 들어가게 된 것에 당신은 얼마만큼의 영향력을 발휘했냐고 물어본다면 나는 당당하게 답할 것이다.

'내가 없으면 없었다.'

이런 엄청난 일이 벌어지자 나는 그분에게 묻고 싶었다.

'아무거나 방송하지 않는다고요?'

음식이 TV와 인터넷을 장악해 나가는 것이 몹시 놀라웠다. 나는 이것을 이렇게 부른다.

'21세기 신화 창조.'

아무거나 방송하지 않는다는 평가를 받았던 나의 기획안이 세상을 뒤집어 놓은 무시무시한 결과가 나왔다. 마치 음식이 들어간 방송은 뭐든 된다는 세상이 펼쳐진 것에 소름이 돋았다.

나는 이 모든 것을 가능하게 한 내 자신에게 놀라고 말았다. 나는 내 능력을 너무 과소평가하고 있었던 걸까? 이렇게 될 줄 알았다면 음식 예능을 포함한 5개의 기획안을 곱게 넘기지는 않았으리라!

나는 '방송의 신' 같은 모습을 보여 주며 내가 나를 놀라게 하였다. 초등학교 때, 방송에 나와서 주관식을 찍어 맞추는 놀라운 능력을 보여 주었고 방송사를 향해 던진 나의 제안이 엄청난 히트를 쳤다. 하지만 나를 키워줄 생각은 안 하고 내 아이디어만 쏙 빼먹은 방송국이 원망스러웠다.

방송국을 찾아가서 이상한 반응을 받으며 어렵게 만들어진 음식 예능은 나오자마자 인기 폭발하며 헤아릴 수 없는 음식 프로그램이 정신없이 만들어지며 놀라운 결과를 낳았고, 나에게 음식 예능을 안 한다고 하며 만든 방송국 사람들이 너무 얄미웠다. 그 여작가가 인상 쓰는 모습은 아직도 생생하게 뇌리에 남아 있다. 나는 아무것도 보상을 받지 못했는데 음식 예능으로 엄청나게 돈을 번 사람들을 생각하니 솔직히 배가 아파 미칠 것 같았다. 특히 어떤 PD가 음식 예능으로 엄청난 돈을 벌어 그 해에, 자신이 소속된 회사의 회장보다 많은 돈을 벌었다는 기사가 나오자 멘붕 상태에 빠져 버렸다. 나는 한 푼도 못 받았는데 어떤 사람은 음식 예능으로 이렇게 부자가 되다니 너무나 부럽고 배 아프고 화가 났다. 그 PD는 그렇게 엄청난 돈을 벌고도 계속해서 음식 예능을 만들어 갔다. 사실상, 내가 만든 장르를 나는 아무것도 못 얻고 그 사람은 엄청난 대박을 치니 마음속에서 뭔가가 용솟음을 치게 만들었다. 〈DJ에게〉라는 노래를 개사해서 마음속에 있는 내 심정을 동영상에 올리려고 마음먹고 가사를 만들었다.

제목: CJ에게

그 먹방은 제발 하지 마세요. CJ

너무나 잘 되니 부럽네요. CJ

나 혼자 잘나서 먹방을 만들었지.

엉뚱한 놈이 마구 떼돈 버니 성질나.

그 먹방은 제발 하지 마세요. CJ

너무나 배 아파 힘들어요. CJ

먹방을 만들고 돈 한 푼 못 받고

방송국 어떤 놈은 회장보다 더 버네.

그 먹방은 제발 하지 마세요. CJ

지난날 생각나서 못 살겠네. CJ

언젠가 작가가 나에게 인상 쓰고

먹방을 안 한다고 구라 친 게 생각나.

하지만 CJ의 반발이 예측되어 노래를 부르진 못했다.

2001년, 어떤 간부가 음식 예능을 거부했던 방송국에 그 PD는 같은 해에 신입 사원으로 입사했다. 그러면 그 PD는 음식 예능과 상관없는 길을 걸어가야 하지만 음식 예능의 최고봉이 되었다. 정말 방송 역사의 아이러니! 내가 음식 예능을 포함한 기획안을 들고 PD 교수님이 있는 방송국에 갔을 때 방송국 어딘가에 파릇파릇한 신입으로 앉아 있었을 것이다. 그리고 같은 건물에서 음식 예능 기획안을 두고 '아무거나 방송하지 않아.'라는 말이 울려 퍼졌다는 충격적인 사실을 그 PD는 알고 있을까? 그 PD는 입사할 때 요리에 관한 기획안으로 입사했다고 한다. 그러나 그 기획안은 그 방송국에서 방송되지 못했고 나의 제안을 받아들인 다른 방송국의 영향으로 예능의 흐름이 바뀌고 난 후, 그 PD는 음식 예능을 할 수 있게 된 것이라고 생각된다. 그 PD의 기획안은 10여 년 후, 책을 통해 공개되기도 했다.

그 PD는 2007년에 시작된 여행 예능 프로그램이지만, 주로 음식을 이용해서 재미를 주며 방송하는 예능에서 엄청난 연출 능력을 보여주었다. 나는 이 프로그램이 처음 나왔을 때는 분노가 치밀었다. 내가 제안한 음식 예능을 향해 '아무거나 방송하지 않아.'라고 강력하게 거부한 그 방송국에서 방송되었기 때문이다.

그리고 음식 예능에 요리사가 출연하면서 요리사가 전문 방송인이 되는 현상이 나타났다. 내가 수모를 당하면서 방송국에서 채택되었지만 내가 방송인이 안 되고 요리사 방송인이 탄생하는 것을 보면서 '어떻게 이런 결과가 나올 수 있나?'라는 생각이 든다. 이들은 셰프와 엔터테이너의 합성어인 '셰프테이너'로 부르기도 한다.

그리고 맛있는 음식을 먹기 위해 돈 내며 먹는 분이 있고 방송 출연료를 받으며 먹는 분이 있다. 예능에 나와서 맛있는 음식을 먹는 출연자들이 부럽다. 어떤 방송국은 안 한다고 하고 인상 쓰며 보냈고 어떤 방송국은 아무거나 방송하지 않는다는 충격의 소리가 나왔다는 것을 전혀 알지도 못할 것이다. 내가 그 수모를 겪으며 돈도 못 받고 고맙다는 말도 못 듣고 탄생한 음식 예능에서 그들은 그저 행복한 모습으로 맛있게 먹는다는 것이 어이가 없을 뿐이다.

　그리고 방송에 나온 많은 식당에 방송을 본 손님이 찾아간다. 나는 방송 출연했다고 써 놓은 식당을 지나갈 때면 '나 때문에 장사가 잘되는 거야!'라고 말하고 싶어진다. 잊고 싶어도 잊을 수 없는 환경에서 살아야 하는 것이 고민이다.

　그리고 상상을 초월하는 다양한 형태의 음식 예능이 생겨났다. 만약에 누군가 2001년에 방송국을 찾아가서, 아무 집이나 벨을 눌러서 밥 달라고 하는 예능을 하라고 한다면? 그리고 지인 집에 가서 밥을 훔치는 예능을 하자고 한다면 PD가 어떤 반응을 보였을까? 아마 미쳤다는 말을 듣게 될 수도 있었을 것이다. 그렇다. 예전엔 상상도 못 할 예능이 시청자의 안방을 찾아가는 세상이 펼쳐지게 된 것이다.

　또다시 세상을 놀라게 해 줄 아이디어도 있지만 이젠, 공짜로 보여주지는 않을 것이다. 내 기획안이 방송의 흐름을 바꾸며 놀라운 반응이 일어나자 엄청난 노력과 정성으로 만든 엄청난 5가지 방송 기획안을 알지도 못하는 사람에게 공짜로 넘긴 것은 두고두고 후회가 되었다.

　혹시 음식 예능을 제안한 내가 군대 선임 탤런트와 친분이 있다는 것을 알고 방송국 관계자가 그 드라마에 주연으로 캐스팅을 한 것은 아닌가 생각을 해 보았지만 그건 아닌 것 같고 그 역할에 어울려 캐스팅이 된 것 같다. 당시 그는 술 먹자는 나의 부탁을 거부했을 뿐, 아무 잘못 없으니 오해하지 않기를 바란다. 음식 예능은 과연 드라마 〈대장금〉과 어떤 연관성이 있는 것일까? 음식 예능 〈찾아라! 맛있는 TV〉는

2001년 11월에 첫 방송 되었고 〈대장금〉 연출자 자서전을 보면 드라마에 음식에 관한 이야기가 들어간다는 것이 2002년 12월에 그 드라마 작가의 제의로 연출자에 의해 결정되었고 연출자는 음식에 관한 이야기를 방송사 중역진의 반대에도 불구하고 넣었고 첫 방송은 2003년 9월에 방송되었다. 음식에 관한 프로그램이 대중에게 통하지 않았더라면 과연 연출자가 반대에도 불구하고 넣을 수 있었을까?

억울한 것은 그 드라마에 보조 출연을 나가게 되었는데 지리산에서 포졸 역할로 나와 어린 장금이를 잡으러 뛰어다니는 장면을 찍다가 넘어지면서 돌에 무릎을 부딪쳐서 너무 아팠고 통증이 오래갔다. 그 이후로 사극 보조 출연은 다시 나가지 않았다. 씁쓸한 기억으로 남아 있기도 하다. 지금 생각하면 내 꾀에 내가 넘어간 것도 아니고 내 아이디어에 내가 자빠진 꼴이 되고 말았는데 지리산 촬영 당시에는 음식에 관한 드라마라는 것을 전혀 알지 못했다.

그리고 자서전을 빨리 내려고 했지만 음식 예능이 탄생된 지 20여 년이 지나서 나오는 이유는 '이 책으로 인해 피해가 가는 분이 있을까?' 하는 걱정 때문이었고 엉뚱한 분들에게 피해가 가지 않았으면 해서 시기를 늦추었다. 특히 PD 교수님에게 죄송한 마음이다. 그분이 말한, '아무거나 방송하지 않아.'라고 했던 기획안을 보고 만든 예능이 엄청나게 히트를 쳤는데, 너무 억울하실 것 같다. 하필이면 한번 읽어보고 깊게 생각하지 않고 아무거나 방송하지 않는다고 했던 기획안이 한국 방송 역사를 바꾸는 엄청난 방송 기획안이 될 줄이야! 전설적인 방송 연출가이신 PD 교수님의 생애 최고의 실수라고 생각이 된다. 하지만 내가 개그학과 시절에 '달래 개그'를 했을 때 그분이 웃지 않았더라면 음식 예능은 탄생되지 못했을 수도 있다. 그 후에 한번 PD 교수님의 메일이 온 적이 있다. 어떤 자리에 초대하는 내용이었지만 음식 예능 기획안을 향해 충격적인 말을 들었던 나는 가지 않았다. 아마도 그때, 사과하려고 했던 것은 아닐까?

그리고 음식 예능의 탄생과 〈우정의 무대〉는 어떤 관련이 있을까? 90년대 군인들이 출연하는 프로그램이 음식 예능에 어떤 영향을 가져다주었을까? 그 프로그램에 여성 탤런트와 함께 출연한 출연자가 그 방송국에 엄청난 기획안을 가지고 가는 계기가 마련된 것이다. 그렇다. 〈우정의 무대〉가 없었다면 알지도 못하는 방송국 관계자에게 그 기획안을 가져다주지 않았을 것이다.

이제, 내 자신을 과소평가하지 않는다. 나의 능력은 최고라고 생각하며 이젠 방송 아이디어를 담은 한 장의 종이를 1억에 넘기려 한다. 물론 내용을 보여 준다면 또다시 안 한다고 하면서 만들 수 있기 때문에 기획안 내용을 안 보여 주고 팔려고 한다. 이 기획안을 사려는 방송국이 과연 있을까? 나는 자신만만하다. 또다시 세상을 놀라게 만들 것이다.

방송 세상에서는 남들이 생각하는 것과 다른 생각을 가져야 한다. 불가능이 있다는 걸 생각하면 안 된다. 내가 방송국에 아이디어를 주었을 때 반응은 그리 좋지 않았다. 하지만 남들이 상상하지 못하는 것을 과감하게 제안한 것이 상상을 초월하는 놀라운 결과로 다가왔다. 비록 아무런 대가를 받지 못했지만 말이다.

내가 방송국에 기획안을 제공한 건 사실이며 20여 년 전 일로 사과를 받거나 보상받기 위해 쓴 것이 아니라 먹방의 시작은 나였다는 진실을 밝히기 위해 책을 쓴 것이다. 그리고 방송에서 맛있는 음식을 먹으며 출연료를 버는 출연자들은 음식 예능이 탄생되기까지 나 혼자, 두 방송국에서 수모를 당하면서 음식 예능이 슬픔 속에서 찬란하게 탄생했다는 것을 알아주기 바란다.

음식 예능이 TV에 나올 때, 다른 사람은 즐거워해도 나는 씁쓸해했었다. 엄청난 5가지 기획안을 알지도 못하는 사람에게 대책 없이 넘긴 내 자신이 비참하게 느껴지기도 했다. 하지만 그것이 예능 발전의 촉진제가 된 것은 사실이라고 생각한다. 음식 예능이 탄생되면서 다른 예능도 같이 발전될 수 있었다. 우리나라 예능은 2010년대에 음식 예능은 아니지만 다양한 예능 프로그램이 수출되어 호평을 받았다. 음식 예능의 시작으로 예전에는 콩트, 시트콤을 생각하며 예능을 지망하며 방송국에 PD와 작가로 입사했지만 이젠 그렇지 않아도 되며 음식 예능으로 예능에 관한 연출 지망생과 작가 지망생이 늘어난 결과라고 나는 생각한다. 음식 예능이 다른 예능과 드라마와 교양 프로에도 영향을 주었기에 국내에서 가장 방송을 많이 발전시킨 사람은 '바로 나'라고 강력히 주장하고 싶다.

콩트 아이디어를 내고 시트콤을 복귀시키고 음식 예능을 만들게 한 나의 행동이 엄청난 반응이 오게 하며 방송국에게 엄청난 수익을 가져다주었다. 하지만 나에게 온 이득은 아무것도 없었다.

그럴 일은 없겠지만 혹시, 나 때문에 대박을 친 분이 괜히 나서서 은

혜를 모르고 사실이 아니라고 거짓말을 한다면 나의 명예를 걸고 나의 목숨을 걸고 강력한 대응을 할 예정이다.

과연 무엇 때문에 음식이 방송으로 빛나게 되었는가? 그 이유는 뭘까? 맛있는 음식의 욕구는 인간이 평생 가지는 행복의 욕구이기 때문이다.

나는 우리나라 방송 발전에 엄청난 도움을 주었다고 생각하며 'TV 대통령'이라고 당당히 선언한다.

TV대통령 선언

1판 1쇄 발행 2023년 2월 17일

저자 백먹방

교정 신선미 **편집** 김다인
마케팅 박가영 **총괄** 신선미

펴낸곳 (주)하움출판사 **펴낸이** 문현광

이메일 haum1000@naver.com **홈페이지** haum.kr
블로그 blog.naver.com/haum1000 **인스타그램** @haum1007

ISBN 979-11-6440-303-5(03810)